溺愛ヤクザに拾われました
～強面組長と天使の家族～

Riku Asaka
朝香りく

CHARADE BUNKO

Illustration

北沢きょう

CONTENTS

（お。やった。俺の唐揚げ定食、いつもより一個多い）

仕事帰りに夕飯を食べるため、毎日のように立ち寄る定食屋。

この日の明利《あかり》は、そんなささやかな幸運を、密かに喜んでいた。

食事を終えてアパートの一室に帰宅すると、シャワーを浴びる以外は特にやることはない。

明日に備えてさっさと寝るべく、明利は敷きっぱなしの布団に入って電気を消した。

部屋の壁が薄いため、隣近所からはトイレの水を流す音や、ドアの開閉音がする。

それでも営業職として、歩き回った疲れがあって、いつしか明利は静かな眠りについていた。

その耳に、優しい声がかけられる。

『明利。……明利、聞いてくれ。お姉ちゃんがな、こっちに来たんだ。どうか、助けてやってくれないか』

『あんたばっかり、がんばらせて、ごめんね。お母さんたち、いつも見てるからね。一緒だからね』

両手に、柔らかな感触が確かにあった。

明利は両親と、幼いころに事故で死別している。物心つくより前のことだったので両親についての記憶もない。

けれどこれは、父親の手だ。母親の手だ。そう確信して、ぎゅっと手を握り返した瞬間。

ピリリリリ！　という甲高《かんだか》い電子音がして、ハッと目が覚めた。

「あれ。……うわ、嘘だろ」

明利は自分の頬が濡れていることに気がつき、慌《あわ》てて手の甲で拭《ぬぐ》う。誰も見ていないとはいえ、二十五歳にもなって親の夢を見て泣くなんて、ちょっと恥ずかしい。

（それより、こんな時間にいったい誰だ。悪戯《いたずら》か？）

音の正体はスマホの着信音とすぐにわかったが、時刻は午前一時二十分。

表示されている電話番号は、見たことのないものだった。

しかし明利はなにか予感のような、胸騒ぎを感じた。先刻の夢も、妙に気になる。

「――はい。間宮《まみや》です」

思い切って出てみると、落ち着いた低いトーンの、知らない声が話し出す。

『もしもし。こちら中村《なかむら》総合病院の救命救急センターです。夜分遅くに申し訳ありません。間宮明利さんの携帯電話でしょうか。明利さんご本人ですか？』

病院という言葉に、明利はギクッとする。

「はい、間宮明利は自分ですが」

『間宮明奈《あきな》さんの携帯のアドレス帳に、同姓のお名前があったので、お身内の方ではないかと思い、ご連絡させていただきました』

「え、ああ……はい」

間宮明奈は、明利の二歳上の姉だ。

幼いころから仲が良く、数日前の週末にも、一緒に食事をしている。

（まさか姉さんが、救急搬送されたっていうのか？）

事態が飲み込めていくうちに、緊張から一気に目が覚め、明利は布団の上に正座する。

「確かに俺は弟の明利です。なにがあったんですか！」

胸の中に不安が膨らみ、思わず大きな声が出た。

電話の向こうからは相変わらず、淡々と静かな声が告げてくる。

『大変お気の毒ですが、明奈さんは転落事故にあわれ、一時間前に息を引き取られました。死因は外傷による、急性硬膜下血腫です。運ばれてきたときには、手の施しようがありませんでした』

最初はなかなか、言われていることの意味がわからなかった。

病院なら治療しないのか、手術はしないのか、そんな疑問が浮かんでは消えた。

（いや、息を引き取ったなら、もうなにをやっても無理なんだ。……待て、本当に姉さんなのか。同姓同名の別人かもしれない）

一縷《いちる》の望みを持って、明利は姉の携帯電話に連絡を取ろうと試みる。

けれどメールも電話もＳＮＳも、まったく応答はなかった。

こうなったら、ともかく病院に急ぐしかない。

衝撃が大きすぎて呆然《ぼうぜん》としながら、明利は急いで身支度し、家を飛び出したのだった。


「間宮明奈の弟です。あの……姉が、こちらにいると聞いて」

息せき切って駆けつけた明利が案内されたのは、地下にある霊安室だった。

まだ夢を見ているようだと感じながら扉を開くと、ぷんと線香の匂いが漂ってくる。

ストレッチャーの上に寝かされた女性に、ふらふらと近寄ろうとしたそのとき、ドンと足元になにかがぶつかった。

「天地《てんち》……！」

それは明奈の、三歳になったばかりの息子だった。

「アーちゃ。ママ、おきない」

天地は、明利の右足に、抱き着くようにして言う。

あどけない、ぱっちりした瞳に見つめられ、ふわふわの癖毛に手をやった瞬間。

これは紛れもない現実なのだと悟らされ、明利の目からハラハラと、涙が顎《あご》を伝って零れ落ちた。

「……天地。おいで」

言いながら抱っこして、きつく抱き締めてから、もう動かない姉のもとへ、明利はゆっくり近づいていく。

白い布をまくってみると、それは間違いなく、自分によく似た姉の明奈だった。

眠っているような、安らかな顔をしている。

「姉さん……」

そっと指先で白い顔に触れてみると、びっくりするほど冷たい。

「よかったね、天地くん。叔父さんが来てくれて」

ずっと相手をしていてくれたらしい、若い女性看護師が、優しい声で天地に言った。

「ん。天地、アーちゃ、すき」

言いながらしがみついてくる天地の顔は、涙と鼻水でぐしゃぐしゃだ。

「ねえ、ママおこして。はやく。……アーちゃ、ないてるの。おなかいたいの？」

もう動かない母親を、起こしてと必死にせがんでいた天地だったが、明利の涙に気がつくと、それを心配し始めた。

「おいしゃさん、いこっか。こわくないよ、かえりに、おいしいものたべよ。ね」

天地はまだ母親の死というものを、よくわかっていないらしい。

自分を気にかけてくれる優しさに、さらに明利の涙腺はゆるみそうになったが、これではいけないと気を引き締めた。

（姉さん。天地を残して、さぞ心残りだろうな。……駄目だ、俺がめそめそしていたら。

天地を守ってやらないと）

珍しく両親の夢を見たのは、こういうことだったのだろう、と明利は思う。

姉を亡くした自分は、もちろん悲しい。けれど、わずか三歳で母親を亡くした天地は、自分ではそうと知らないまま、もっとずっと厳しく寂しい状況にいるのだ。

明利は唇を嚙み、なんとか涙を引っ込めた。そしてふわふわの、天然パーマの天地の髪を、何度も何度も優しく撫《な》でる。

「なあ、天地！　ママが起きないから、今日はアーちゃんの家でお泊まりしよう」

「アーちゃのうち、いくの？」

つとめて明るい声で言うと、天地は少しだけ安心したようだった。

知らない場所で母親の声が聞けず、ずっと緊張していたのだろう。しがみついてくる身体から、強張《こわば》りが取れたのがわかる。

「うん。なにも心配しなくていいからな。お腹空《す》いてないか」

「ラーメン、たべたい。たまごの、いれたの」

よし、と明利は笑顔を作って約束する。

それから間もなく、担当医がやってきて、病状と死に至った説明をしてくれた。

明利が生まれて間もなく、姉がまだ二歳のときに、両親は交通事故で帰らぬ人となった。

母親の実家に帰省していたときに、夫婦で買い物に行って背後から追突され、反対車線に押し出されて、対向車と激突したのだ。

そのとき明利と姉は、祖父母とともに留守番をしていて、難を逃れた。

後を追うように、祖母が他界。

残った祖父が、明利が五歳、姉が七歳になるまで親代わりをしてくれていたのだが。

その祖父も高齢になると、ふたりは施設に入ることを余儀なくされた。

決して児童に対して冷たい施設、というわけではなかったが、両親や家庭のある子供たちに対する憧れは、常に持っていた。

町中や公園で、楽しそうにしている親子を明利が悲しそうに見つめるたびに、姉は一生懸命明るい声で励ましてくれた。

『明利には、お姉ちゃんがついてるじゃないの。いつかあたしたちだけのおうちで、みんなで仲良く暮らそうね』

『みんなって、誰？』

『そんなの、決まってるじゃない』

姉は自分で結んだポニーテールを揺らし、にっこりと笑って答えた。

『家族みんなだよ』

そんな姉が結婚したのは三年前、二十四歳のときだ。

相手は姉が勤務する飲食店の店長だったが、天地が姉のお腹にいるときに浮気を繰り返し、出産後には暴力を振るうようになって、離婚。

『あたしの見る目がなかったから、自業自得だと思うけど。でも、天地にはなんの責任もない。この子はなんとしてでも、あたしの手で育てたいの』

『わかってる。俺もできる限り協力するから。できるだけ天地に楽しい思い出を、いっぱい作ってやろう』

姉は昼と夜のパートを掛け持ちしつつ、天地のことは夜間保育に預けた。

休みの日や、早く仕事が終わったときなどは、明利が天地を預かったり、迎えに行くことも珍しくなかった。

生活はカツカツだったし、時間も体力も余裕はない。

それでもごくたまに休みが重なって、三人で食事をしたりすると天地が喜び、その笑顔のために明利と姉は、必死に働いてきた。

クリスマスや誕生日、七夕やお正月。

ささやかながらも、精いっぱい天地を楽しませ、姉も自分もそれを生きがいのように感じていた。

自分は父親ではないが、それでも仲良しの、穏やかな家庭を築けたと思っていたし、これが家族というものなのだと、実感していたのだが。

『がんばって、天地は大学まで行かせてやりたいの。だってこの子、絶対に頭いいもん。再婚？　それは天地が大きくなってから考える。今はもう、こりごりって感じ』

最後に会話したとき、姉がそんなことを言っていたのを、明利は思い出す。

『この子がさ、素敵なお嫁さんを見つけて、それでお義母さん、って呼ばれたい。そのうち孫も生まれて、笑ったりケンカしたりしながら、テーブルを囲むの。……もちろん、そこにはあんたもいるのよ明利。そうやって家族が増えていくことが、あたしの夢なの』

幼いころからの姉の夢は、もう決して叶わない。

姉に降りかかった不幸は、不運としか言いようのないものだった。

夜間保育所に迎えに行き、天地を抱えて帰宅。歩道橋の階段で、雨に濡れた枯れ葉で滑って転落。

天地をかばって抱くようにして、階段下のコンクリートブロックの角に、頭を打ちつけたらしい。

大きな音と、天地の泣き声に気がついた近所の住人が救急車を呼んでくれたそうだが、病院に運ばれたとき、すでに意識はなかったという。


子供のころからたったひとりの家族だった。大好きだった、姉の死。

姉と自分で必死に築いた、家族の一端が欠けてしまった。

けれど、ゆっくりと悲しみに浸《ひた》る暇もない。

明利はまず、病院から紹介された葬儀社に連絡し、死亡診断書を受け取って、遺体を安置場に搬送してもらった。

医療費の支払いは、当日には無理だったので、後日にしてもらえるように頼む。

安置場で二十四時間が経過した後、火葬場へ送ってもらうことにした。

天地の父親は、再婚して新しい家庭がある。一応は連絡を入れようとしたが、電話にさえ出なかった。

他に連絡する親族は、誰もいない。自分と天地だけしか参列しないため、できる限り簡素な直葬に決めた。

そうしてなんとか区切りをつけ、タクシーで帰宅すると、時刻は明け方に近かった。

お腹が減ったと言っていた天地は、無理もないが途中で寝てしまい、まだすやすやと眠っている。

明利は大きな喪失感と衝撃、それに天地の行く末を考えて、とても眠ることはできなかった。

(天地の父親は、あてにできない。そうだ、とにかく姉さんの家に行って持ち物を整理しないと……墓は親と祖父ちゃん祖母ちゃんと同じとこでいいんだよな)

なにしろ突然のことすぎて、追悼や思い出に浸ることも、今の明利には無理だった。

天地の可愛《かわい》らしい寝顔を見ながら、今後について延々と明利は頭を巡らせる。

決めなくてはならないこと、やらなくてはならないことが、いくらでもあった。

そして一睡もできないまま、気がつくとカーテンの隙間から、朝日が差し込んでいた。

翌朝、出勤時刻の前に、明利は会社に電話を入れた。忌引を申請するためだ。

『はいっ、松浦《まつうら》商会……っあ？　ああ、間宮か。今日、休みたい？　身内が死んだ？　明日もだと？　そうか、好きにしろ』

ブツッ、と切られた電話に、明利はポカンとしてしまった。ぶっきらぼうにもほどがあるし、いつもと様子が違う。

（電話に出たの、副社長の森田《もりた》さんだよな。どうしたんだろう。あの人は普段、滅多《めった》に電話を取らないのに。それに周りから、電話の音が鳴りまくっているのが聞こえた……）

おかしいな、とは思ったが、それどころではない。

目が覚めて、母親がいないとぐずる天地に、卵と牛乳にひたしたフレンチトーストもどきの食事をとらせ、それが終わるとすぐに外出の支度をして、家を飛び出した。

死亡診断書の提出。姉の通帳や契約などの確認。年金などの解約。することが山ほどある。

もちろん、預ける相手はいないので、天地は抱っこしたままだ。

「アーちゃ。あのね、天地ね、こーえんいく」

「ああ……うん、少しだけ待っていてくれ。帰りに寄ろう。それまで我慢できたら、アイス食べような」

「たべゆ！　がまん、する！」

よしよし、とふわふわの頭を撫でつつ、明利は小さく溜め息をつく。

(参ったな。手続きも片付けも一日じゃ無理だ。明日は午後、火葬の予定だけど……姉さんが使ってた保育所はここからだと遠いんだよな。いっそのこと、天地を会社に連れて行って事情を話して……今週いっぱい休ませてもらおうか)

上司に嫌味を言われるかもしれないが、解雇にまではならないだろう。

明利は沈んだ気持ちになりつつも、そう考えた。


夕方、疲れ果てて帰宅すると、すぐにドアがノックされた。

「間宮さん……あ、やっぱりだ!」

ドアを開けた途端、見知った初老の男が、部屋の中を覗き込んで言う。

「なんだってここに、子供がいるの！　うちは独身限定なんだから、困るよ、もう」

それは明利が住むアパートの、管理人だった。

申し訳ありません！　と明利は頭を下げる。

「この子は親戚から、一時的に預かってるだけなんです。両親が病気で……」

亡くなったとわかると、ずっといるつもりかとさらに怒られるかもしれないので、明利はそう言った。

謝罪する明利の足に、背後からしがみつくようにして天地が顔を出す。

その顔を、白い顎ひげをたくわえた管理人が、ギロッと睨《にら》んだ。

「昨日の夜、泣き声がうるさくて眠れない、って両隣の人から苦情の電話が来たよ。右の田島《たじま》さんなんて、朝が早いんだから。眠れないと、仕事に障りがあるってさ」

「そうですよね。申し訳ないです」

確かに昨晩、天地は明利といて落ち着いたかに見えたが、やっと眠ったと思っては起き、そのたびに母親がいないと泣いた。

しまいには往復一時間かけ、天地を抱っこして徒歩で姉の住んでいた母子生活支援施設へ向かい、お気に入りの絵本を持って帰ってそれを読み聞かせ、なんとか泣き止ませて眠らせたのは、明け方に近い時間だった。

生まれて初めて、母親のいない夜を迎えたのだから無理もないが、近隣の住民にとっては迷惑でしかないだろう。

「とにかく、次に苦情があったら、出て行ってもらいますからね！」

ビシッと言われ、明利はひたすら、すみませんと頭を下げ続けるしかなかった。

「アーちゃ、おこらいた？　かなしい？」

心配そうに天地が言い、明利は座って目線の高さを同じにした。

「違うよ。大丈夫、なんでもない」

「ホント？　アーちゃ、かあいそう」

天地は紅葉《もみじ》のような小さな手のひらで、いい子、いい子、と明利の頭を撫でてくる。

その優しさに、明利は思わず天地の身体を、きゅっと抱き締めた。

(……ここで一緒に暮らすのは無理だ。かといって、児童養護施設に入れるのは、なんとか避けたい)

　絶対に自分を守ってくれる、そう信じられる肉親。その傍《そば》で眠ることの、なにものにも代え難い安心感を、明利はよく知っていた。

　しかし別のアパートを急いで借りるにしても、姉の病院代と葬儀代などで、貯金は底をついてしまった。そろそろ今月の家賃だって、払わなくてはならない。

　ギリギリではあっても、堅実に暮らしてきた明利だったが、実は二月ほど前から、給料の支払いが遅れている。

　本来なら来月はボーナスが支給される予定なのだが、それもきちんと支払われるか、怪しい気がした。

(そうだ。社長に事情を話して、なんとか未払いの分を早く振り込んでもらおう。いくら不景気だからって、これじゃあ路頭に迷うことになる)

　この日の夜は、なるべく天地とたくさんおしゃべりをして遊び、くたびれさせて眠れるように心掛けた。

　それでも天地は夜中に二回、ママがいないと泣き始め、寝不足でへとへとの明利を困らせたのだった。

「言いましたよね、出てってもらうって！　私だって子供は可愛いと思うけど、生活がかかってるんですよ。安眠できないアパートだ、って住民に出て行かれちゃったら、あんた責任取れますか！」

案の定、翌朝早々、管理人が部屋に怒鳴り込んできた。

天地は怯《おび》えて絵本を抱き締め、その盾になるようにして、明利はひたすら謝った。

そして急いで出勤の支度をして絵本ごと天地を抱え、家を出る。

(こうなったら、なりふり構っていられない。天地を社長に紹介したら、本当に切羽詰《せっぱつ》まってるんだと、わかってくれるかも)

そう考えつつ、明利は天地を必死にかばいながら満員の通勤電車に乗り、会社に向かったのだが。

「……あれ。どうしたんだろうな」

「アーちゃ。ひと、いっぱい。おまつり？」

天地が指さしたそこには、明利が勤務している会社の社屋があった。

二階建てで、上が倉庫になっており、下が事務所になっている。

その小さな社屋の前に、車が数台駐まっており、なぜか十数人の人間がうろうろしていた。

(……なんだ、これは。なにかあったのか？)

明利は先日、会社に電話をした際に、どこか様子がおかしかったことを思い出す。

「あっ。……山城《やましろ》！　どうしたんだ、これ」

集まっている人間の中に、同僚の姿を見つけて声をかけると、振り向いたその顔は真っ青だった。

「えっ？」

「――間宮か。どうするよ。お前も俺も、無職だぞ」

一瞬、意味がわからなかった。きょとんとした明利に、山城がうつろな目をして言う。

「うちの会社が、倒産した。社長と家族は、どこ行ったかわからない。現金かき集めて、逃げたらしい」

「え……。えっ、待っ……そ、それって、俺たちの未払いの給料は」

「出るわけねえだろ」

吐き捨てるように山城は言って、口をつぐんだ。

少し離れた場所からは、男たちの怒声が聞こえてくる。

「おいおい、逃げられちまったのかよ！　どうすんだ、金目の物だけ持ってくか」

「おい待て、早い者勝ちなんて子供じゃあるまいし。債権者会議を開いてからだ」

「なんだと、こら。そんなのんびりしてられるか」

「弁護士を通してくれ。暴力を振るうなら、警察を呼ぶぞ」

どうやら、債権者同士の争いが起きているらしい。

とてもではないが、社員の給料など一円も補償してもらえそうもなかった。

「……アーちゃ。ケンカ、こわい」

明利はハッとして、天地の頭を撫でる。

「大丈夫だ。みんなも天地を怒ってるわけじゃない」

そう言って、しがみついてくる天地をしっかり抱えた明利は、冷静になろうとつとめながら考えた。

(考えろ、俺。とにかく天地を守らなくちゃならない。失業保険が下りるといいんだけどな。それを確かめてから、近くの託児所を探して……いや、もうあのアパートにはいられない。ということは、もっと家賃の安い地方に引っ越すっていう手もあるぞ。いや待て、その前に今夜、どこに泊まるんだ。素泊まりで、一番安いところを探して。食べ物はスーパーで買って、それで、明日、役所に相談して……)

立ちすくんだまま考えを巡らせるうちに、ぽつぽつと、他の同僚たちも出勤してきた。

いずれも事態を知って、同じように呆然として立ちすくんでいる。

社長はかなり借金していたらしく、時折、いかにも裏稼業、といった風体《ふうてい》の男やいかつい車が到着した。

年のいった役員は、社長の行方を問い詰められていたが、若い社員にはなにを聞いても無駄と悟っているのか、絡まれることはない。

そうしてしばらく、明利は天地を抱っこして、明日からの生活をどうするべきか悩みつつ、そこに佇《たたず》んでいたのだが。

（うん？　……なんだかあの男、こっちに近づいてきてないか）

それは長身で肩幅が広く、先のとがった靴にオールバックという、いかにもただものではないオーラを発した男だった。

男が乗っていた車は黒塗りの大きなセダンで、エンブレムは金色に塗られている。

「アーちゃ。あのひと、こっち、みてゆ」

「天地。あれは見たらいけない人だ」

「こっち、くるよ、こっち」

明利の制止を意に介さず、物怖じしない天地は、思い切り男に向かって指を差す。

「……まずい」

男との距離がぐんぐん縮まり、明らかに自分を目指しているのを確信し、明利は天地を抱いたまま頭を下げた。

「すみません！　指を差すのは失礼ですけど、子供のしたことですから！　それに俺は営業で、経営のこととか、全然関わってないです！」

後ずさりしつつ、明利は思わず叫んだ。

男は目の前でピタリと立ち止まると、ガシッ、と明利の両肩をつかむ。

咄嗟《とっさ》に、かばうように天地を胸に抱き締めると、男は思いがけないことを言った。

「明利！　明利だよな？」

「えっ？　は、はい」

　なぜ名前を知っているんだ、と驚いていると、男はスッとサングラスを外した。

「俺だ、わかるか？　最後に会ってから、六年……いや、七年ぶりか？」

　男の、精悍《せいかん》ながら端整でその上狼のような野性味まである風貌には、確かに見覚えがあった。

　頭の中に、はるか昔に感じられる学生時代の日々が、一瞬蘇《よみがえ》る。

　大学には進学せず、高校時代はアルバイトに明け暮れた明利が、唯一年相応の生活を送ることができた中学時代。

　男とはバスケ部で一緒だったのだ。

「れ……零治《れいじ》か？　もしかして」

　明利が言うと、強面《こわもて》の顔に、パアッと花が咲くような笑みが浮かんだ。

「覚えててくれたのか！　懐かしいなあ、高校卒業以来だからな。……その子は？　お前の子か？」

　なんとも言えない表情で、零治は天地を見る。

　天地に怖がる様子はなく、にぱっ、と笑った。

「アーちゃの、おともだち？　なかよし？」

「あ、ああ、中学校のときからの友達だよ。零治、こいつは姉さんの子供なんだ」

　答えた瞬間、なぜかさらに零治の表情は晴れやかになる。

「甥っ子か！　明利にそっくりで可愛いな。こんな天使が家にいたら、毎日楽しそうだ」

零治は指の長い、けれど決して女性的ではない大きな手で、そっと天地の頭を撫でた。

「可愛いけど、育児は大変だよ。……零治は結婚してるのか？」

尋ねると、まさか、と零治は苦笑する。

明利がこんなことを尋ねたのは、かつて零治がつぶやいた言葉を、今も忘れられずにいたからだ。

（そうか。やっぱり、家業を気にしてるのかな）

口には出さなかったが、胸の奥がチクリと痛んだ。

天地はぎゅっと目を閉じて、それでも口元には笑みを浮かべて、子猫のようにおとなしく撫でられている。

「はい。これね、天地すきなの」

気をよくしたのか人懐こい天地は、絵本を差し出す。

「おお。海と魚の絵本か。これを俺にくれるのか？」

受け取ろうとした零治だったが、天地はパッと本を引っ込める。

「だめ。あのね、だって、たかやものなの」

どうやら自分の宝物を見せて、自慢したかったらしい。

「ご、ごめんな零治、子供のすることだから」

わかっている、と零治は苦笑した。

「しかし、明利。なんだって子連れで、こんなところに突っ立っている」

一昨日からの目が回るように忙しい、それでいて悪夢のように恐ろしかった時間を、この場で簡単に説明することは、明利にはできなかった。

「ちょっとその。いろいろあって。この子は……天地って言うんだけど、俺がしばらく預かることになってるんだ。それより零治、お前、うちの会社のほうがまさかこんなことになってるとは、思ってなかったからな。会社の債権者なのか？」

零治が乗ってきた、曇りひとつなく磨き上げられた車を見て、明利は尋ねる。

眼光の鋭い運転手も、ボディガードのように零治の後ろにひかえているごつい男も、どう見ても堅気《かたぎ》には見えなかった。

零治はちらりと、社屋のほうを見てから言う。

「ああ、そうだ。まさかお前の勤務先だったとはな。社長は逃げちまったらしいが」

「……申し訳ない」

思わず謝ると、零治はびっくりした顔をする。

「いやいや、なにを言っている。明利が謝ることなんて、まったく全然、ひとっつもないじゃないか！　それより、明利が職場を失くしたことのほうが心配だ」

ああ、うん、と明利は苦笑する。

「正直、今夜の寝床をどうしようかと、考え込んでた。俺のアパートは、独身者専用で天地と一緒に暮らせないんだ」

なるほど、と零治は神妙な顔をしてうなずいた。

「大変そうだな……。泊めてくれるような恋人はいないのか？」

縁がない、と明利は肩をすくめた。

「ずっと貧乏暇なしで、彼女どころじゃなかったんだ」

答えた途端、勢い込んで零治が言う。

「よし、そうか！　それならとりあえず、飯を食いに行こう！　俺が奢《おご》る。久しぶりに、お前とゆっくり話がしたい」

なぜ『それなら』なのか、どうして零治がこんなにも目を輝かせているのか、よくわからない。

しかし、いつまでもここに立っていても、仕方なかった。

自分も零治と会えたことは嬉しいし、少し落ち着いて頭を整理したかった。

「わかった。でも奢ってもらう理由がない。割り勘で、子連れでも大丈夫そうな店なら行くよ」

「ああ、それでいい。個室を取ろう、すぐに手配する」

「待ってくれ、個室？」

零治に言われて、明利は焦《あせ》った。割り勘とは言ったものの、なにしろ無職になり、引っ越し費用も捻出しなくてはならないのだ。

個室があるような高級な店で、ランチをできる身分ではない。

「ええと。俺が店を決めてもいいか？」

尋ねると、もちろん、と零治は嬉しそうに応じてくれた。

「正直、参ったよ。出社したらいきなり会社が潰れてるなんて、想定外だ」

赤い縁取りのついた白い可愛いテーブルで、明利は頭を抱える。

あたりに美味しそうなポテトの匂いが漂うこの店は、小さな遊戯《ゆうぎ》施設のついたファストフード店だ。

「たべたら、あそぶ？　あそぶ？」

窓から見える、屋外の滑り台を指差して尋ねる天地に、遊ぶよ、と答えると、たんぽぽのような笑顔が返ってくる。

その口の周りをせっせと拭《ふ》き、お子様用のメニューを口に運んでやっているのを、なぜかうっとりするような目で、正面に座った零治が見ていた。

「ここでよかったのか、明利。豪勢な飯を奢るつもりだったのに」

「高級店は、俺には分不相応だよ。それに天地はここ、好きだもんな」

うん！　と丸い顔がコクッとうなずく。

無邪気な天地を眩《まぶ》しそうに見ていた零治だったが、明利に向けられた表情は、心配そうなものだ。

「しかしそれなら明利は、これから新しい仕事を探すわけか。家は賃貸なのか？」

「ああ、もちろん」

「じゃあ、家賃のためにも、早いとこなんとかしないとな。この子はいつまで預かるんだ。子連れで仕事を探すとなると、大変だろう」

詳しい事情は話さないつもりだったのだが、零治に真っすぐに目を見て言われ、つい本心からの悩みを口にしてしまった。

「実は……姉が急死したばかりなんだ。今日この後、午後一番で火葬場に行かなきゃならない」

なんだと、と零治は顔色を変えた。

「確か、明奈さんだったか。仲良しだったよな、お前と」

「よく覚えてるな、零治」

「ああ。お前がよく話してたじゃないか。絶対に幸せになって欲しい。でも男を見る目がないから心配だとか。……いったいどうして」

事故で、とだけ短く答え、明利は口をつぐんだ。

今これ以上、姉について話したら、涙をこらえられる自信がなかった。

店でもらった、オマケのおもちゃで遊んでいる天地をちらりと見て、明利は話題を変える。

「——だから俺が天地を預かったんだけど、今のアパートから引っ越さなきゃいけない。給料もしばらく未払いだし、今この場で次の打開策を考えなきゃいけなくなってる。子連れで住み込みで働けるとこを探すとか……」

「アーちゃ。かなし？」

ぽつりと天地が言って、明利は慌てて笑顔を作った。

「別に悲しくないよ。天地ほら、りんごジュース飲むか」

（久しぶりに再会したばかりの、元同級生に弱音を吐くなんて、どうかしてる）

そう考えながら、ストローのささった紙パックのジュースに伸ばした手を、ふいに零治が力強く、ぐっと握ってきた。

「俺に任せろ、明利」

「——え？」

きょとんとしていると、零治はもう片方の手で、自分の分厚い胸板をドンと叩く。

「そういうことなら、一緒に火葬場に行こう。それからお前と天地くんの荷物を持って、俺の家に来い！　部屋はいくらでもある！」

明利は咄嗟に、なんと答えていいのかわからなかった。

「あの。……いや、そんな急に、久しぶりに会ったお前に甘えるわけには」

丁寧に辞退しようとすると、零治は男らしい眉を寄せた。

「甘えるなんて、なにを言ってる。お前には、天地くんを守る義務がある。そうだろう？」

零治が言うと、天地はなにを思ったのか、キャッキャッと笑った。

「ぎむ！　アーちゃ、天地、ぎむ！」

「あ……ああ、それはもちろんそうだけど」

「この子には温かい寝床と、たっぷりの美味い飯が必要なんじゃないのか。お前に、どんな事情があろうとも。そして俺はそれを、容易く提供できる、と言っているだけだ」

淡々と言う零治だったが、明利は簡単にはうなずけなかった。

「そう言ってもらえるのはありがたいけど。天地は夜泣きもするし、走り回る。お前、一人暮らしじゃないんだろ？」

しかし零治は、唇をほんの少し斜めに上げ、ふっ、と小さく笑った。

「問題ない。家は、すべて俺が仕切ってる。子供なんてのは、泣くのが仕事だ。俺もお前も、そうだったはずだろう」

「零治……」

余裕たっぷりに言われ、明利の心は揺れ動く。

(そうだ。こいつはこういうやつだった。中学のころから、見た目は怖くても優しい、男気があって、心が広くて。……頼らせてもらえるなら、本当はすごく助かる。だけど、零治の家ってことは、つまり)

考えつつ目の前の男前を見つめていると、天地が腕を引っ張った。

「アーちゃ。ジュース」

「あっ、うん。そうだったな。ほら」

んぐんぐと、美味しそうにりんごジュースを飲む天地を見ながら、明利は決意した。

天地のためには強がったり、遠慮をしている場合ではない。

「零治。その申し出、本気にしてもいいか」

明利が言うと、もちろん、と零治は即答した。

「俺は社交辞令が嫌いだ。そうして欲しいから言っている」

力強く言われ、折れそうになっていた明利の心には、その優しさがジンとするほど染みた。

「……そうか。助かる。ありがとう」

ぺこっと頭を下げると、慌てたように隣で天地も、一緒にぺこりと頭を下げる。

零治は、白い歯を見せた。

◆◆◆

この日の朝、美鶴木《みつるぎ》零治は花が咲き乱れ、美しい小川が流れる場所で蝶々と天使がたわむれているという、やたらと美しい夢を見た。

ところが朝っぱらから、資金を提供していた会社が倒産したと連絡が入り、さらには債権者同士で資金回収に火花を散らしていると報告を受け、渋々現場に足を運んだのだが。

大勢のスーツを着た男たちの中に、確かに見覚えのある姿があった。

(――まさか……明利じゃないのか？　そうだ、絶対あいつだ。遠目からでも、俺が見間違えるはずがない！　しかし、なんだってあんなところに突っ立ってる。それに、あのガキは誰だ。まさか、あいつのガ……お子様なのか？)

「おい、志賀《しが》！　債権のほうはお前に任せる」

「わかりました！　けど、組長は」

零治としてはもう、それどころではなかった。

間宮明利。それは零治にとって、中学生時代から、密かにずっと片想いを胸に秘め、今もなお忘れ難い、初恋の相手だったのだ。

急《あ》いで車を降りると、社屋の前に集まっていた同業者や胡散臭《うさんくさ》そうな連中が、サッと道を空ける。

零治はツカツカと早足で、こちらに気がついたらしき明利に歩み寄っていた。

「れ……零治か？　もしかして」

この黒尽くめの身なりに、かつてより悪くなったと自覚のある目つきと眼光だ。

会った瞬間には、自分とわからなかったらしい明利だが、すぐに気がついてくれたことが、零治にはたまらなく嬉しかった。

(懐かしい声だ。小さい顎や、黒目勝ちの目に、まだ少年らしさが残ってる。スーツにネクタイも、なかなか似合う。細い首に白いワイシャツの襟が眩しいくらいだ。……が、なんだか……ひどく疲れた目をしているな)

数年ぶりの再会に、感極まった零治だったが、胸に抱かれている子供に対しては、複雑な気持ちになっていた。

明利が家庭を持ち、幸せになってよかったと思うのと同じくらい、もう絶対に手の届かない、違う世界の住人になってしまったのだと感じたからだ。

しかしそれが明利の甥だと知り、ホッと胸を撫で下ろす。

(よし、そうか。安心した。それなら、これは千載一遇《せんざいいちぐう》のチャンスだ。天の与《あた》うるを取らざれば、かえってその咎《とが》めを受ける、ということわざもあるからな!)

この奇跡のような偶然を生かせば、かつて恋焦《こ》がれ、それでいてあきらめた片想いの相手と、距離を詰められるかもしれない。

即座にそう考えるほど、零治にとって明利は特別な存在だった。

(会社がこんなことになったのは気の毒だったが。……今なら極道の俺と親しくなったところで、明利に迷惑はかからないだろう)

食事に誘うと応じてくれたが、なんとファストフードがいいと言う。

せっかく再会したのだから、料亭の個室で美味いものを、と考えた零治だったのだが、昔を懐かしく思い出したりもした。

(明利もおそらく、以前とまったく同じというわけにはいかないだろう。高卒で働き始めて、苦労もしただろうからな。けれどこうしてファストフード店にいると、なんだかあのころに戻ったみたいだ)

しかし店で詳しく話を聞くと、想像以上に明利の状況は厳しいものだった。驚いたことに、姉が亡くなったのだと言う。

『それで、天地を抱えてなんとかしなくちゃ、と焦ってたところに、とどめを刺された気分だよ。給料の支払いが滞ってたんだけど、まさか倒産するなんてな』

溜め息をついて、疲れたような苦笑を浮かべる明利は、天真爛漫《てんしんらんまん》だった中学生のときとは、やはり違う。

零治はそんな明利を見ていると、胸が締め付けられた。

(昔の俺は、お前に対してなにもできなかった。親の都合で振り回されて、人とも距離を置くしかなかった。……だが、今は違う。俺にはお前を守る力がある。お前を守りたい。いや俺に守らせろ!)

目の前に、自分にとっての宝物が野ざらしに放置され、壊れそうになっている。

それを見過ごすなど、零治にとってはありえなかった。

『……助かる。ありがとう』

だから明利がこちらの申し出を受け入れてくれたときには、零治は胸のときめきを抑え切れずに、思わず笑みを浮かべてしまったのだった。

明利と零治が出会ったのは、中学一年生のときだった。

クラスは違ったが、バスケ部で一緒になった。もっとも、弱小とすら言えない形だけの部という感じで、顧問の教師もやる気がなく、人数もぎりぎりだった。

ちょっと悪ぶった生徒たちが集まった、という感じになっていたのだが、気の合う連中だったので、練習試合は楽しかった。

そんな中のひとりが、明利だった。

（真っすぐで正直で、裏表のないやつだった。俺はお前といると楽しくて、誰かのためになにかしてやりたい、こいつのためならなんでもできる、そう思った初めての人間でもあった）

あの明利と過ごした中学生のころが、一番幸せな時代だったと、零治は後に何度も考えた。

零治が地元で有名な、古くからある極道一家の息子だと広く認識されたのは、高校に入学した後のことだ。

噂としては中学のころからあったのだが、暴力団同士の抗争が激しくなり、挙句の果てに零治の父親が殺されて、全国規模のニュースになってしまった。

もちろん地元では大騒ぎで、零治が組の跡目を継ぐらしいという話も、瞬く間に知れ渡った。

零治の実母は幼少時に他界している。血の繋がっていなかった養母は精神的に不安定になり、実家のある九州へ帰郷。それきり組に近寄ろうとはしない。

近隣の学校で、一番粗暴だと評判の不良たちですら、零治が歩くと道を空けた。

同級生たちは、零治と接点を持とうとしなかったし、目も合わせようとしなかった。教師も腫《は》れものに触るように零治に接し、どこへ行っても常に孤独だったのだが。

明利だけは中学生時代から、まったく態度が変わらなかった。

同じ高校へ進み、一学期が終わったころ、クラスが違う明利が零治を待ち受けるようにして、廊下にポツンと立っていたことがあった。

たまには一緒に帰ろうと誘われて、じろじろと周囲が見るのも構わず、明利は零治の腕を引っ張って下校した。

『なんだよ明利。お前、俺とくっついてると、ろくなことにならねえぞ』

凄んで見せても、明利は平然としていた。

『ろくなことってなんだよ。もともと俺、そんなものに縁がないから大丈夫』

通い慣れた通学路。電線から飛び立つカラスや、水路を流れる水の音まで、零治はあのときのことをはっきりと覚えている。

強い風の吹く、夕暮れの空を睨むようにして、明利は言った。

『みんなわかってないよな。できるなら俺だって、ごく普通の……普通ってのは俺の思う理想像だけど。父親と母親と一緒に、ひとつのテーブル囲んで飯食って、その日あったことを話したりとか、ケンカしたり笑ったり、風邪引いたら心配したりとか、そういう家庭に生まれたかったよ。零治だってそうだろ。俺もそうだからわかるんだ』

そう言って、明利は自分が傷ついているかのような、辛《つら》そうな目を向けた。

零治はその言葉に感激したが、同じくらい照れ臭いとも思った。

思春期でもあり、反抗期の真っ盛りだ。

素直にそのとおりだ、気持ちをわかってくれて嬉しい、などと言える年頃でも性格でもなかったのだ。

だから不貞腐《ふてくさ》れた顔をして、ぶっきらぼうな口調で言った。

『どうしてそう思った？　俺はそんなこと、お前に言った覚えはねえぞ』

『……だってさ。ファストフードとか行って、家族連れが楽しそうにしてると、お前たまに泣きそうに優しい目で、じーっと見てるじゃん。ああ、羨《うらや》ましいんだな、家族が欲しいんだな、って』

『お、俺は別に、羨ましいとまでは。……まあ、あれだ。いいもんだな、とは思ってた』

『だろ？　俺もだよ。……それなのに、悔しいよな。そういう家に生まれなかったからって、特殊な人間みたいな目で見られるなんて』

『俺はともかく、お前は違うだろ。そりゃ、施設にいるのは知ってるけど、お前にはお姉ちゃんがいるんだし』

零治としては、明利が自虐的なことを言うと、なぜか胸が苦しくなるので嫌だった。

けれど明利は、淡々と言った。

『確かに姉ちゃんがいるのが、救いだ。でもやっぱり、無条件で誰かが守ってくれて。あったかい布団で、明日の生活を心配しないで……友達や宿題のことだけ考えて眠る。そんな暮らしがしたかったよ』

明利の悲しい言葉は、零治の胸に深く刺さった。

『だけど零治には、兄弟だっていないんだろ。誰かいるのかよ。相談したり、話を聞いてくれる人は』

率直に聞かれて、つい零治の口から、本音が漏れた。

『いない。そういうのが家族ってものなら……辛いとき、悩んでるとき、いつも傍にいるのが当たり前みたいな人間がいてくれたら、そりゃあいいなとは思う』

零治は一度言葉を切り、高校生には似つかわしくないあきらめ切った口調で言った。

『うん。……そうだな。確かにお前の言うとおりだ。俺は家族が欲しい。そんなふうに安心して寄りそえる存在がいたら、どれだけ明日が来るのが嫌じゃなくなるだろう。守りたい大事な人間がいれば、強くなろうと努力することに、理由も意味も見つけられそうだしな。でも……ないものねだりをしても仕方ねえよ』

『結婚とかすれば、お前にも家族ができるだろ』

なんとか励まそうとするかのように明利は言ったが、零治は苦笑を浮かべるだけだった。

『うちの家に嫁に来る相手なんて、どうせ手打ちの条件とか、打算絡みの相手だ』

でも、となおも明利は必死に言い募った。

『零治。俺はずっとお前の味方だから。なにかできることがあったら、いつでも言えよ。今日はそれだけ言っておきたくて、お前のこと、待ってたんだ』

不思議なことに、そんな熱のこもった明利の言葉を聞くうちに、零治は嬉しさとふわふわしたなんともいえない感情で、胸がドキドキしてきていた。

けれど零治はハッとした。こんな優しい明利にだからこそ、迷惑はかけられないと感じたのだ。

『……いや。お前に頼むことなんて、なんもねえよ。もう生きてる世界が違うんだ』

『零治！』

『お前は自分の心配だけしとけ。いいか。俺はもう、腹くくってるんだ。……二度と俺に構うな！』

零治はそう言って、明利を振り切るようにして走り出した。

走りながら、心の中でごめんと謝って、涙が流れた。

思えばそれが、学生時代の明利との、最後の会話だったかもしれない。

高校での明利にはいろいろと家庭の事情があったらしく、放課後はひたすらバイトに励んでいた。

休み時間だけでなく、授業中は隙あらば眠っているという状態だったので、中学生のときのように長い時間を一緒に過ごすということは、できなくなってしまっていた。

それでもあのとき、ひどい孤独感と疎外感に苦しんでいた零治にとって、明利の言葉は暗闇の中の一筋の光のように思えていた。

（俺の知る限り、明利はいつも一生懸命で、優しかった。裏表もまったくなかった。そん

なところに俺は、どうしようもなく惹《ひ》かれていたんだ）

そんな明利が現在困窮し、こちらの提案に賛同して、自宅に来てくれると言う。

零治は日ごろ、周囲から恐れられている鋭い眼光と精悍な表情の裏で、できうる限り明利をもてなしてやろう、どんなことをしてやれるだろうかと、そればかり考えていた。

平日の昼前、まだ学校は終わっていない時間なので、ファストフード店の店内はガラガラだった。

おかげで子連れのサラリーマンと、いかにも堅気ではない零治が四人席でランチセットを食べていても、好奇の目で見る人はいなかった。

明利は天地に食事をとらせると、自分は半分も食べないまま、申し訳なさそうに立ち上がる。

「悪い。ちょっと珈琲《コーヒー》でも飲んで待っててくれるか。店を出る前に天地を、遊ばせてやりたいんだ。そのほうが、夜もよく眠るし」

「ああ。俺のことは気にせず、ゆっくり楽しんでくれ」

零治は大きくうなずいた。

威風堂々《いふうどうどう》と座っている姿からは、その内面は誰にもわからないだろう。

けれど零治は、窓から見えるふたりが滑り台とブランコで遊ぶ姿に、頬がゆるみそうになるのを懸命にこらえていた。

（か……可愛い。天使と妖精がたわむれている！）

きゃあっ、くふふ、と興奮気味に笑いながら天地が駆け出し、待て待て、と笑顔の明利がそれを追いかける。

殺伐とした闇の世界で生きてきた零治には、彼らが走れば花びらが舞い散り、その背中には金色の光が差して見えた。

（思わず手を合わせてしまいそうなくらいありがたい光景だ。俺が思う、人間の理想の姿がここにある）

ふう、とうっとりと溜め息をつき、零治は珈琲を口にする。

カップが空《から》になった瞬間、背後に気配を殺して控えていたボディガードが、サッと新しい珈琲を購入してきてテーブルに置いた。

長年、運転手を兼任している羽柴《はしば》という男だが、その気遣いは不要だった。

零治はゆっくりと、そちらを見た。

「今は、立っているだけでいい。口も手も、一切出すな」

ボソッとつぶやくと、羽柴は全身に電流が走ったように直立不動になり、ハイッと答えた。

その日の午後。

茶毘《だび》に付された姉の、白い布にくるまれた骨箱を胸に抱いた明利の寂しそうな顔は、零治の胸を打った。

明利は不思議そうにしている天地を慮《おもんぱか》ってか、気丈にも涙を流さなかった。けれどその目は真っ赤だったし、ずっと噛んでいた唇も赤く血が滲《にじ》んでいる。

零治は胸の痛みを覚えつつ、とにかく今できることはなんでもしてやりたい、と考えていた。

それからアパートに寄り、明利が持ってきた荷物は、後から改めて引っ越しをするとはいえ、あまりにも少ないものだった。

姉の住居から持ってきた荷物も同様で、ほとんどが天地のオムツなどで、消耗品しかない。

「でも、天地名義になってる通帳があった。大事に保管しておかないとな」

明利は言って、アルバムやわずかな貴重品と一緒に、大切そうにトートバッグに入れていた。

ふたりがそれぞれ暮らしてきた住居を垣間見た零治は、姉弟がつましくささやかな日常を送ってきたことが手に取るようにわかり、一生懸命生きてきたんだな、と感じる。

天地は火葬場を出て間もなく、明利は姉の住んでいた施設を出てから、車の後部座席ですうすうと寝息を立て始めた。

その胸にはしっかりと骨箱が抱かれ、腰には天地がもたれかかり、途中で横を救急車がサイレンを鳴らして通っても、どちらも目を覚まさなかった。

会社の倒産も含め、よほど大変な数日を過ごしていたのだろう、と零治は察する。

（そんなときに会えてよかった。あの逃げた社長の野郎から、少しでも債権を取り戻せたら、全部こいつに還元してやる）

高校時代に組の抗争が激化。父親は狙撃されて死亡。報復合戦の末に幹部クラスも負傷して引退したり、刑務所行きになり、少しでも早く零治が跡目を継ぐ必要があった。

だから自分が親しくすることで、明利が嫌な思いをするかもしれないし、そんな事態になったとき、どうすれば助けてやれるのかわからずに、距離を置いていたのだが。

（それだけじゃない。俺が明利に持った、友情以上の気持ちを、あいつに押しつけるわけにはいかなかった）

今も昔も明利のことを考えると、胸がときめく。

傍で寝息を聞けるこの状況では、心臓が力いっぱい跳ねてしまうくらいだ。

十代の、自制心のきかないあのころに、明利の近くにいたら。

それだけで、衝動的に押し倒してしまうかもしれない危機感を、常に零治は持っていた。

（組を継いでからは忙しさもあって、吹っ切ったつもりになっていたが。考えてみたら、あの後に付き合った相手は、どいつもこいつも明利に似てたな……）

明利はお日様の当たる、きらきらした違う世界に住む人間だ。

もう会えないものだと思っていたし、連絡を取るつもりもなかった。

けれど思いがけず再会した明利は住む場所を失くし、仕事も失って困っているという。

（今の俺なら、明利を守れる！　安心しろ、明利。お前も甥っ子も、力の限りこの俺が援助する）

高級セダンの後部座席で、零治は心の中で、そう誓っていた。

◆◆◆

「着いたぞ、明利」

声をかけられて、明利は車の後部座席で目を覚ました。

昨晩、ほとんど眠っていなかったので、ついうとうとしていたらしい。

呑気《のんき》に寝ている場合ではない、と明利は飛び起きたが、零治の顔を見て今までの経緯を思い出し、ホッとした。

「あ……ああ、そうか、零治の家に泊めてくれるんだったよな。寝ちゃってごめん。天地は……起きそうもないな」

明利は言って、天地のことを抱き上げて、車から降りた。

と、零治が両手を差し出してくる。

「明利は、お姉さんを」

言われている意味を悟り、天地は零治に任せて明利は布と箱にくるまれたお骨を手に、車を降りた。

そこで、愕然《がくぜん》とする。

黒塗りの壁の内側。数台の車が駐められている駐車場の先には、白い玉砂利の敷かれた広い敷地があり、飛び石の先に格子《こうし》で飾られた、大きな玄関があった。

けれど驚いたのは、その豪華さではない。

「おかえりなさい！」

玄関まで、ぎっしりと左右に列になって並んだ、黒尽くめの男たちの姿だった。

うん、と軽く両サイドにうなずきつつ、すたすたとその中央を、眠っている天地を抱っこした零治が歩いていく。

(うわ。なんだか映画みたいだ)

その後ろを明利はお骨箱を抱え、申し訳ありませんが失礼します、という感じでついていった。

玄関の手前まで来ると、ぴたりと零治は足を止めた。

そして、手招きして明利を自分の横に並ばせると、凜とした声で言う。

「今日は大事な客人を連れて帰った！　間宮明利と、その甥の天地。ふたりとも、俺と同じかその同等の存在と思え！」

いかつい男たちは一瞬、その子供も？　という目をちらっと天地に向けた。

が、誰も異論は口にしない。いっせいに、ハイッ！　と大声で唱和した。

「な、なんだかすごいな。いいのかな、俺」

屋敷内に招き入れられて、明利は思わずきょろきょろしてしまう。

長い廊下の壁には、美術館のように日本画や油絵が飾られて、床はぴかぴかに磨かれている。

部屋数がかなりあるようで、なんだか高級旅館に来たような感じがした。

（まあ、俺は高級旅館なんて行ったことないから、想像だけどな。でも、柱ひとつ見ても年代物というか、金のかかった屋敷なのはわかる）

「この客間を使ってくれ。ここは去年リフォームしてあるからな」

「……いいのか、こんな立派な部屋」

思わず明利が言ったのは、そこが新しい部屋独特の匂いがする、洒落《しゃれ》た洋室だったからだ。

木枠のダブルベッドは、天地とふたりで寝るには充分すぎるサイズだ。

純白のファブリック類。温かみのある茶色の、フローリングの床。

小さいながらも、レトロ風のシャンデリアが吊るされていて、天地はそれを指差してはしゃいでいる。

（絶対にお漏らしはさせられないな）

そう気を引き締めている明利だったが、零治は寛大だ。

「好きなだけここに住めばいい。どうせ余っている客室だ」

「申し出はありがたいけど、そういうわけにもいかないよ」

「なぜだ。遠慮されると、こっちも困る。引っ越しも手伝うから、任せておけ。お姉さんの部屋も、まだ片付いていないいんだろう」

「……ああ。天地の服やおもちゃも、そのままになってるからな」

「それならうちの系列の運送会社にやらせよう。力の有り余ってる若い衆が、いくらでもいる」

そこまでしてくれるのか、と明利は零治の優しさを感じつつ、なおもとまどう。

「ごめん。正直、いつ代金が払えるかわからないんだ。貯金もほとんど底をついてる。知ってると思うけど、うちは親もいないし」

明利の言葉に、なにを言っている、と今度は零治までが困惑したような声を出した。

「代金なんかいらない。俺がしたくてしていることだ。言っておくが、取り立てたりしないから安心しろ」

「そ、そういうつもりじゃない」

明利は慌てて否定した。

もう、中学高校時代の自分ではないし、零治だってそうだろう。

けれど自分を見つめる零治の目は真摯だった。

だから、本当に親切心から言ってくれている、というのは信じている。

「——わかった。俺が零治にできることがあったら、なんでもするから。今はその言葉に、甘えさせてもらう。……ありがとう、零治。本当に助かるよ」

明利は天地を抱っこしていないほうの手で、零治の右手をキュッと握った。

すると零治は、鋭い目元をポッと染めつつ、男らしく言う。

「他人行儀な感謝なんかしなくてもいい。お前のためなら、なんでもするつもりでいる」

えっ、と明利はまたとまどった。

「いや、ええと、嬉しいけど。でも、いったい、どうしてそんなに……」

尋ねかけた明利の手を、きゅう、っと零治が強く握り返してくる。

その手が、かすかに震えていることに、明利は気がついた。

問いかけるように零治の目を見ると、その目が一瞬迷うように揺れ、次いで、らしくもないかすれた声が、引き締まった唇から漏れる。

「どうしてって、それはだな。俺は、前から……」

なぜか空気が、ピンと張り詰め、明利が緊張したその瞬間。

「ちっこー！」

突然、天地が大声で叫び、ふたりはビクッとなった。

「零治！　ごめん、トイレどこだ」

「そ、そうか。こっちだ、明利！」

「アーちゃ、ちっこでる」

「わああ、てっ、天地、ちょっとだけ我慢しろ！」

ドドドと零治が長い廊下を走り出し、天地を抱えて明利が続く。

組の若い衆たちは、そんな三人、特に明利たちを誘導して走る零治に、目を丸くしていた。

「いただきます！」

一枚板の、立派な座卓の前で手を合わせて明利が言うと、まちゅ！　と天地も真似をする。

夕飯には、別の座敷が用意され、様々な料理が乗った座卓を挟んで、零治の正面に、明利が天地を抱っこするようにして座った。

「テーブルのほうが食いやすいか？　だったら明日から用意させるが」

「いや。天地はずっと卓袱台《ちゃぶだい》で食べていたから、これで大丈夫だ。しかし、豪華だな。こんなにまでしてもらうと、恐縮する」

目の前に並んだ料理は、煮物、焼き物、汁物、刺身に天ぷらと、まるで料亭のようだ。

零治は肩をすくめた。

「俺の食いたい物を並べただけだ、気にするな」

「そ、そうか。ならいいけど……」

「俺はな、明利」

零治は刺身に箸《はし》を伸ばしながら、なぜか感激したように言った。

「まさか、こんな日が来るとは思わなかった。お前と食卓を囲めるなんて」

「えっ？　お前と飯食ったことなんて、いくらでもあるだろう」

「卒業してからということだ。中学時代は、それこそファストフードで何度もあったが」

「そうだよな。玉井《たまい》とか、長谷川《はせがわ》とか、バスケ部連中で。みんなどうしてるんだろう。町で会っても、わからなかったりしてな」

「ああ。環境は人を変えるからな」

零治の言葉に、明利は寂しさを感じつつ肯定する。

「俺も疲れたサラリーマンになったよ。いや、元サラリーマンか。今は無職だからな。

……零治は貫禄がついたな。人の上に立ってると、そうなるのかもしれない」

「どうだかな。立ってる舞台がなにしろ極道だ。胸は張れないが、お前がそう言ってくれるなら嬉しい」

話しながら、明利はしんみりした気持ちになりつつ、箸を進めた。

（しかし本当に高そうなおかずばかりだな。マグロの刺身は大トロみたいだし、この天ぷらはホタテを大葉で巻いたみたいだけど、すごく歯ごたえがしっかりしてる）

明利は自分も食べつつ、天地にも少しずつ食べさせようとする。しかし、零治には言わなかったものの、このメニューに一抹《いちまつ》の不安があったのは確かだ。

天地はもちろん、気を遣ったりしない。思ったことをそのまま口にする。

「あんまり、いや」

明利が食べさせようとしても、煮物にも天ぷらにもプイと横を向き、興味を示さなかった。

食べさせることをあきらめて、ごめん、と明利は零治に謝る。

「我儘《わがまま》を言うみたいで、本当に申し訳ないんだけど。三歳児にこういうちゃんとした料理って、まだ無理だと思うんだ」

あっ、と零治は言われて初めて気がついたらしかった。

「悪かった。そうか、そうだよな。ええと、ミルクか。それとも離乳食っていうやつか？」

「いや、普通のものも食べられるけど……」

明利が言ったとき、ぴょん、と天地が膝の上から飛び降りた。

「っ？　おい、天地」

天地はパタパタと走っていって、うんしょ、と襖《ふすま》を開く。

「こっち、いいにおいすゆ！」

（わっ！）

開かれた襖の先を見て、明利は驚いた。

そこは三十畳ほどはある大きな座敷になっていて、ずらりと左右に男たちが座り、食事をとっていたのだ。

彼らが食べていたのは、ほとんどが洋食で、メニューは様々だ。

明利に出されたような、豪華な割烹料理はないものの、それぞれに美味しそうな、ハンバーグやパスタ、カレーなどを食べている。

「これ、食べたい」

フランケンシュタインのような、顔に大きな傷のある男の皿を指差し、天地がせがむ。年の頃は五十代だろうか。髪には白いものが混じっていて、どっしりとした風格と威厳がある男だ。

(……組の幹部クラスの人じゃないのか)

ぎょっとした明利だったが、白髪のフランケンはニッと笑った。

「どおれ？　お肉が食べたいの？」

「ううん、ぽてのさらら」

「ああ、ポテトサラダだね。……組長。さしあげても、よろしいですか？　それとも新しいのを持ってこさせましょうか」

丁寧な言葉遣いに、明利はすっかり恐縮してしまう。

「す、すみません。天地、戻ってこい。他の人のをもらうなんて駄目だぞ。迷惑になっちゃうだろ」

「まったく問題ない。岩瀬《いわせ》。分けてやれ」

岩瀬と呼ばれたフランケンは、いかつい顔をこちらに向け、ハイッと返事をした。

そしてせっせと、小皿にポテトサラダを取り分けてくれる。

「あとは？　なにが食べたいの？」

天地は小さな指を、いかつい男たちの皿に向けた。

「あのね、あのはんばぐとね、あのあれ。かにゃーげ」

うんうん、と岩瀬は目を細くしてうなずいて、他の男たちに言う。

「おい、平田《ひらた》。お前のハンバーグを進呈しろ。それと、小野寺《おのでら》の唐揚げを寄こせ」

はい、と即座に応じた男たちも、おそらく組では上の立場なのではないかと思われる。

身なりもきちんとしたスーツだし、年齢的にも四十代から五十代に見えた。

多分、こちら側が上座らしく、奥のほうの席には、ジャージ姿の若い衆たちがいる。

そんな幹部クラスらしき男たちが、素直に岩瀬の命に従い、自分たちのおかずを差し出してくるのだ。

明利は彼らの親切に感謝しつつ、ひたすら恐縮していた。

「ありがとうございます。天地、よかったな」

戦利品を持って戻ってきた天地は、ちょこんと明利の横に座った。

「うん。あいがとー！」

「みなさん、すみませんでした。零治もごめんな」

謝ると、とんでもない、と零治は言う。

「むしろ、気がつかなくってこっちが悪かった。ガ……子供が好んで食べるものなど、考えたこともなかったからな」

寛大な笑みを見せるその姿に、明利は頼もしさと優しさを感じる。

とはいえ強面の、他の組員たちは腹を立てているのではないかと、そっと様子をうかがい見たのだが。

幸いなことに零治の言葉を当然のように受け止めて、天地を温かい目で見守ってくれていた。

(結構、貫禄のある年長者も多いのに。零治を信頼して、心から従ってるって感じだ。……すごいな。本当に組長になったんだな、零治は)

そんなことを考えながら、明利は天地の世話を焼きつつ、ちらちらと正面に座る男前の元級友に視線を送りながら、すっかり感心していたのだった。


夕食が終わると、天地は広い座敷を駆け回り、大勢の極道たちとの追いかけっこが始まる。

若い衆が、自分たちでしばらく遊ばせます、と言ってくれたので、それならせめてなにか手伝わせてくれと頼んで、明利は厨房に行って皿洗いをした。

が、途中で天地は、電池が切れたように眠ってしまったらしい。

報告を受けた明利は、小さな身体を抱っこして、零治から与えてもらった部屋に戻った。

「なにも気にしないで、ゆっくり休んでくれ。よくわかっただろう。うちは広いし、人手も有り余ってる。いつまでもいてくれて構わないんだからな」

「あ、ああ。ありがとう、助かるよ」

ドアを閉める間際、笑って言う零治に、明利も複雑な思いで微笑み返す。

(ありがたいのは本当だ。でも、いつまでもっていうわけにはいかない)

ダブルの大きなベッドで、明利は天地の隣に横たわると、手元のリモコンで電気を消した。

天地はぐっすりと、眠り込んでいると思っていたのだが。

「……かあちゃ、いないの？」

真っ暗になった途端、ぽつりと天地が言った。明利は慌てて弁明する。

「ああ、うん、今はお留守なんだ」

「いつまで？　かあちゃきたら、おうち、かえる？　かあちゃ、どこにいるの？」

にぎやかな場所から、静かで暗い室内に移動したせいか、だんだんと天地は心細くなってきたらしい。

それまで口にしなかった母親のことを、しきりに気にかけ、ぐすぐすと鼻をすすり始める。

明利は慌てて、その小さな身体を抱き締めた。

「天地、わかった。今から本当のことを言うから、よく聞くんだぞ。姉さ……お前のお母さんは、姿が見えなくなってしまったんだ。だけど、いつも傍にいる」

「ホント？　かあちゃ、いるの？」

きょろきょろと、寝たまま天地はあたりを見回した。

うん、と明利は涙を飲み込んで、ふわふわの頭を何度も撫でた。

「大人になったら、見えるようになる。それまで我慢しような」

「アーちゃには、みえる？」

「……ああ。見えなくて、ごめんね、って言ってるよ。だけどずっとずっと天地が大好きだ、って」

「ホント？　ホント？　なら天地、はやく、おとなになる」

「うん。それまでがんばろうな、天地。寂しくても、俺がついてるからな」

健気に天地はうなずいた。

「ここ、おもしろい。ひと、いっぱいいて、さびしくない。がんばる」

そう言う天地だったが、それでもしばらくの間は布団の中で、くすんくすんとしゃくり上げていた。

明利も自分の頬に、涙が伝うのを感じる。

幼いころから支え合ってきた、たったひとりの肉親だった。

絶対に幸せになって欲しいと、心からそう願っていた。

その大事な人を失って、胸には大きな穴が空いているのに、ゆっくりと悲しみに浸る間さえなく、天地を抱いて駆け回る日々だった。

ようやく今夜は、安心して眠れると感じて、気がゆるんでしまったらしい。

涙はいくらでも溢《あふ》れて、止まらなくなってくる。

(姉さん。天地は、俺が絶対に守るから)

やがて明利の腕の中で、すうすうと可愛らしい寝息を立て始めた天地につられたように、いつの間にか明利も眠っていたのだった。

◆◆◆

翌朝、零治はいつもより早く起床した。

なにしろ同じ屋根の下に、長年密かに想っていた明利とその甥っ子が、心に傷を負った状態で存在しているのだ。

若い衆が彼らを起こしに行く前に、急いで様子を見に客間へ向かった零治だったが、そこにはすでにふたりの姿はなかった。

時刻は午前六時。いったいどこへと屋敷の中を探し回ると、いつもならこの時間は寝ているはずの零治の姿に、若い衆たちはビシッと姿勢を正す。

「おっ、おはようございます、組長!」

おう、と短く返して、縁側の廊下に向かった零治は、庭にしゃがんでいる天地と、それを見守る岩瀬を見つける。

「おはようございます、組長」

岩瀬はごつい傷痕《きずあと》だらけの顔に、好々爺《こうこうや》のような笑みを浮かべた。

「……なにを見ているんだ？」

「はあ。それは私にも、よくわからんのですが」

零治は外履《そとば》きのサンダルをつっかけ、庭に降りていって、天地の横に立つ。

と、天地はこちらを見上げ、首を傾げた。

「おはよう、天地。なにしてるんだ」

「あのね、あのね、なんか、いるかも」

「なんか、とはなんだ？」

「あのね、まゆいのとか、くろいのとか」

岩瀬は困惑した顔でこちらを見たが、零治にはすぐにわかった。

「なるほど。しかし今の時期は、ダンゴムシも蟻も出てこないぞ。春にならないとな」

「いまいないの。つまんない。うごいてゆのいないとね、きっとね、つちもさびしいよ」

「そうだな、寂しいかもしれない。お前も寂しいのか？」

尋ねると、天地はううん、と首を左右に振った。

「アーちゃがいるから、さびしくない。おやくそく、したの。でも、かあちゃ、みえないから、つまんない」

うっ、と岩瀬がごつごつした太い指で、目頭を押さえた。

零治はうなずき、天地をひょいと抱える。

「つまらないなら、俺と遊ぼう」

肩車をしてやると、天地はキャーッ、とはしゃいだ声をあげた。

ざわっ、と廊下や庭を掃除していた若い衆たちが、この様子を見ていっせいにざわめく。

「しゅしゅめ！　しゅしゅめ！」

と、零治の肩の上で、しきりと天地は手を前に振り始めた。

よし、とてくてく前進してやったが、壁まで歩いても、まだ天地は同じことを繰り返す。

「天地。お前の、壁を気にせずなおも前に進みたいと考える志は買うが、現実問題として、それは無理だ。ここから先には行けないぞ」

不思議に思って言うと、天地は身体を揺らして否定した。

「ちがうの、しゅじゅめ！」

小さな指の先を視線で追うと、木の枝の先に雀が止まっている。

「ああ、ススメじゃなくてスズメか」

ふ、と珍しく組員たちの前で笑みを零すと、庭にいて天地を見守っていた数人の若い衆が、またも、おおっ、とざわめいた。

なにか文句があるか、とそちらをひと睨みすると、ぶんぶんと男たちは首を左右に振る。

「ところで。天地がここで遊んでいるなら、明利はどこだ」

「あっ、厨房にいらっしゃったと思います」

岩瀬に言われ、零治はうなずくと、天地が廊下のほうを指差した。

「アーちゃのとこ、いく！」

「よし、行こう」

天地を肩車したまま、ドスドスと廊下を歩いていくと、四方八方から頭が下げられる。

「おっ、おはようございます！」

「肩車が、お似合いです！」

「今朝のご朝食の時間は、いつもどおりでよろしいでしょうか？」

「ああ、それでいい」

うなずきながら、広い厨房に急いだ零治が、そこで見たものは。

（なっ……なんてことをしてるんだ、明利！）

別に明利は、特殊な行動を取っていたわけではない。

ただ、エプロンをして椅子に座り、せっせと大量のジャガイモの皮をむいていたのだ。

台の上には、すでに皮をむかれたジャガイモが、山積みになっている。

もちろん、厨房にいたのは明利だけではない。十名ほどの朝食係が、強面のごつい顔とがっちりした身体にエプロンをつけ、湯気で顔を赤くして食事の支度をしていた。

「明利さん、こちら持っていきます」

金髪の男が、イモを細かく切るためにまな板のほうに移動すると、元気な声が返ってくくる。

「はい、よろしくお願いします。あと半分くらいありますので。終わったら、ニンジンに取りかかります」

「早いっすね、明利さん。手際がいいし、綺麗にむけてます！」

そうですか？　と明利はくるくると皮をむきながら、照れ臭そうに笑った。

「子供のころからリンゴとか、よくむいたせいかな。長く繋げてむくのとか、得意なんですよ」

ほわほわと、味噌汁の香る朝の厨房。

窓から差す、明るい陽射し。

トントンという包丁の音と、ぐつぐつ煮える鍋の音。

その中で、口元にわずかな笑みを浮かべて包丁を使う明利の横顔を見つめ、零治は涙が零れそうなほどに感動していた。

（健全で一生懸命で、誰に対しても朗らかで優しい。いつの時代も、お前は俺にとっての光だ、明利！）

震えるほどに感動しながら、零治は扉の陰から、明利を見守った。

客としてのんびりしていればいいものを、明利のことだからそれでは悪いと、手伝ってくれているのだろう。

（姉を亡くし、職場を失い、幼子を抱えて大変だろうに。お前はそうやって、今できるこ

とを必死にやる。立ち止まらず、振り返ってうじうじもせず、真っすぐに前を見て）

そんな明利だからこそ、零治の心の中には何年もの間、その存在と言葉が深く刻み込まれていたのだ。

けれどどんなに元気に見えても、明利を取り巻く周囲の事情が厳しいことに変わりはない。

（まずは、お姉さんのいた部屋の片付けだな。それが終わったら、保育園の手配も考えよう。……昔の俺は、自分を取り巻く環境への対応だけで精いっぱいだったが、今は違う。お前たちのことは、俺が守る！　たとえ炎の嵐が来ようとも、鋼鉄の敵が襲ってこようとも、俺は……！）

心の中で叫んでいた零治の額を、いきなりぺちぺち、と天地が叩いた。

「アーちゃ！　みてみて！」

わあっ、と厨房がどよめいた。

もちろんそれは零治の身を案じたためでなく、激昂《げっこう》することを恐れてのことだったのだろうが。

天地の声に気付いてこちらを見た明利が、慌てたように駆けてくる。

「こらっ！　天地、人を叩いちゃ駄目だろ！」

「でも、アーちゃ、こっちみた」

「そういうことだ、明利」

落ち着き払った声で、零治が言う。

「ごめん、零治。お前にまで天地の面倒を見させちゃって」

「なにを言っている。俺は天地と遊んでいたんだ。楽しむという行為は対等なんだから、お前が謝る理由はどこにもない」

なあ、と天地を見上げると、キャッキャッと天使が笑った。

「いや……でも、悪いよ。天地、アーちゃんが抱っこしてやるから、こっちに来い」

うっかり見惚《みほ》れて、声をかけそびれていたのだから、天地が焦《じ》れても仕方ないと零治は思う。

しかし、明利はしきりと恐縮している。

その様子が他人行儀に思えて、少しばかり零治は悲しかったのだった。


「天地、みんなとがいい」

朝食の時間、昨晩と同じ座敷で食事を始めようとすると、天地が襖を指差してそう言った。

そちらからは、かすかにざわめきと会話が漏れ聞こえ、大勢の男たちの活気はあるが、むさ苦しい存在を感じさせる。

「……いいかな、零治」

遠慮がちに尋ねてくる明利に、もちろんだ、と零治は請け合った。

ガラリと襖が開かれると、昨夜と同じように、住み込みの組員たちの食事会場とこちらがひとつの空間になる。

一瞬、ざわっとした男たちだったが、零治がちらりと天地を見ると、それだけで納得した様子だった。

わぁーい！　と嬉しがる天地に、明利が礼を言うように零治を指し示す。

「ほら。この零治お兄さんが、天地のお願いを聞いてくれたんだぞ。ありがとうは？」

明利が言うと、天地はむっちりとした小さな足で、お尻を振るようにして歩いてくる。

そして、んしょ、と胡坐《あぐら》をかいている零治の膝に乗ってきた。

再び大広間のほうで、おお、と男たちが反応するのがわかる。

「れーじ、あいがと」

くりくりとした、明利にそっくりなつぶらな瞳で見つめられると、零治の父性本能にゴオッと火が点いた。

「いや。俺は別に、たいしたことはしていない。天地は少人数より、大勢で食事するのが好きなのか」

天地はすぐには意味がわからないらしく、しょーにんずー、と繰り返したが、たどたどしく説明をする。

「あのね。かあちゃはみえなくなっちゃったから、天地、ひとりより、いっぱいがいい」

「……そうか。見えなくなってしまったのは寂しいな」

ふと零治は、自分が幼かったころを思い出す。

物心ついたとき、自分にはすでに母親はいなかった。

母は父の正妻ではなかったとかで、自分だけ別室で食事をさせられた。

それでも躾《しつけ》と称して、組の幹部たちから、箸の持ち方や姿勢は厳しく指導された。

それが当然と思っていたが、運動会などで家族がそろい、楽しそうに弁当を食べている級友たちを見るのは辛かったものだ。

寂しい追憶にとらわれていた零治の膝で、天地はニコニコと笑っている。と、次の瞬間。

「あっ、こら、天地!」

明利が慌てた声を出したのは、天地がむんずと、零治の皿の上のソーセージをつかんだからだ。

そして、お食べとでも言うように、あい、と零治に差し出してくる。

「くっ、組長、お食事が!」

「急いで代わりをお持ちしろ、早く!」

どよっ、と男たちがざわつき、中には立ち上がった者もいた。

それにギロリと、零治は鋭い視線を向ける。

「うろたえるな! 天使のやったことにケチをつけるんじゃねえ!」

一喝し、組員たちはシンと押し黙ったのだが。

「――っ……ふえっ……」

ビンと腹に響く零治の怒号に、天地はびっくりしてしまったらしい。

ぽと、とソーセージが畳に転がり、次いでじわりと、零治の膝が温かくなっていく。

(ん？　これはもしかして)

零治が察するより早く、明利が飛び上がるようにしてこちらに来た。

「うわあ！　ごめん、零治！　天地、おもらししちゃってる！」

ハッ、と零治は事態を察した。

「そうらしいな。いや、これは俺が悪かった。大きな声が怖かったんだろう？」

尋ねると、ひくっ、ひくっ、と天地は半泣きになって言った。

「こわい。天地、きやい？　きやいなの？」

零治は首を左右に振り、精悍な顔で、できるだけ温厚そうに笑ってみせた。

「いや、嫌いではない。俺は嫌いなときは正直に嫌いだと言う。嘘はつかないから、安心しろ」

ふうん？　と天地は納得したような、していないような、複雑な顔でうなずく。いずれにしても、涙はもう止まっていた。

零治は股間をびしょ濡れにして、立ち上がる。

「風呂場へ行く。替えの服を用意しろ。ついでに、紙オムツもだ！」

スーツは汚れたものの、零治は上機嫌だった。

というのも明利が感激した様子で、自分をほめちぎってくれたからだ。

『本当にごめん。それから、ありがとう、零治。お前って、本当にすごいよ。おしっこで服を汚されて、それでもあやしてくれるなんて、なかなかできることじゃない』

『いや、別に。当たり前の対応だ』

なにしろ相手は、明利をミニサイズにしたような天使なのだ。

他の者とは零治にとって、この世に存在する意味からして違う。

さらには、オムツから移行するための訓練パンツなど、ベビー用品の準備が整っていなかったため、午後には三人で買い物に向かう運びとなり、ますます零治は朗らかな気分になっていた。

当たり前だが、ヤクザとして殺伐とした日々を送ってきた零治にとって、こんな感覚は初めてのことだった。

そうだ、と零治はふっと顔を上げた。

（誰よりも大切な特別な存在と、特別でもなんでもない穏やかな時間を過ごす。平凡で、心が温かくなる空気感……これが家族とともに過ごす、というものなんじゃないのか？

もしも明利と天地が、家族になってくれるなら……そんな夢のような日々が訪れるなら俺は、どんな努力も惜しまない）

それは乾燥し切って、ひび割れた大地に慈愛の雨が降り注ぐような、甘美な想像だった。

(——中高生だったころとは違う。今の俺は、夢のままでは終わらせない。なんとしてもその状況を、現実にしてみせる!)

零治は心の中で、そう決意していた。


デパートで服やおもちゃ、さらには必要なベビー用の家具も買いそろえると、昼食のため三人でレストランへと入る。

「はい、天地。あーん、して」

明利が言うと、天地は素直に小さな口を、精いっぱいウアアアンと開く。

ぷっくりと頬を膨らませ、もむもむと食べる様子は、まるでリスのようだ。

(可愛い……)

可愛い、というのは零治にとって、希少な感覚だった。

子供のころから殺伐、野蛮、暴力的、危険、いかつい、というのが零治を取り巻く環境だったからだ。

食べている天地はもちろんだが、食べさせている明利も同じくらい愛らしい。

「よし、明利。お前には俺が」

零治は言って、ステーキを一切れフォークに刺した。

「あーん、だ。明利」

はあ？　と言った後、明利はボッと顔を赤くする。

「なっ、なにを言ってるんだ零治。俺をいくつだと思ってる」

「年なんか関係ない。俺はお前たちを見て、仲睦まじい素晴らしい光景だと思ったぞ」

あのなあ、と明利は溜め息をつく。

「大の男があーんなんてされたら、恥ずかしいだろうが。想像してみろ、俺がお前にやったら食べるのか？」

「当然、もちろん、無抵抗に口を開くぞ」

「お前ってそんな、冗談ばっかり言うタイプだったっけ」

明利は苦笑して、付け合わせのブロッコリーを、零治の口元に差し出してくる。

「だったら食べてみろよ、ほら」

あーん、と躊躇《ちゅうちょ》なく喰らいつくと、明利は驚いてから笑い出した。

きゃっ、きゃっ、と天地もわけがわからないままこちらの雰囲気につられ、楽しそうに笑う。

護衛として離れた席で待機している組員や、一般客たちがこちらをどんな目で見ているかなど、気にもならない。

こんな甘くて楽しい時間は初めてだ、と痺《しび》れるような幸福を感じつつ、零治はもぐもぐとブロッコリーを咀嚼《そしゃく》していたのだった。

（組を継いで、貫禄がついて……でも悪く言えば怖くなってて。正直、ちょっと身構えてたんだけど。あいつ、根っこの部分は昔と変わってないのかもしれないな）

◆◆◆

帰宅した明利は、天地の新たな衣類やおもちゃを整理しつつ、妙に楽しかった三人での外出を思い出していた。

（見た目に反して際限なく優しいというか、寛大というか。天地にも優しくしてくれるし）

天地は買ってもらったばかりの、くまちゃんブランケットに包まれて、すやすやとお昼寝している。

明利は零治と再会してから、一緒に過ごす時間が増えるにつれ、その包容力と男らしさに、改めて感心していた。

男前とはいえ、今は昔よりも見た目が怖い。

長身の零治に異様なまでに似合っている、オールバックもダークスーツも目つきの悪さも、どう見てもその筋の人間だ。

けれど、そんな容姿と裏腹に、あーんしてみたり天地をあやしてくれたりするギャップには、決して悪い感情は持たなかった。

（もしかしたら、仲のいい家庭っていうのに、今も憧れがあるのかもしれない。極道だって結婚はできるんだろうから、家庭を持つともっと丸くなったりするのかな。いや、それじゃこの家業は務まらないか。……でも、好きで跡目を継いだわけじゃないんだから、ひどい話だよな……）

そんなことをぼんやり考えていると、遠慮がちに扉がノックされた。

『明利さん。組長が、お茶を飲みませんかと、ご提案されています。よろしければ、ぜひ』

「えっ。でも天地が寝たばかりだし」

迷いながら扉を開くと、ぬっ、と大柄な岩瀬が立っていて、わかっている、というように部屋の中を覗いた。

「天地くんがお昼寝中でしたら、よろしければ自分が見ておりますので。なにかありましたら、内線でお知らせいたします」

（さすが零治の部下。顔は怖いけど気配りがしっかりしていて、礼儀正しい。この人すごく天地を可愛がってくれてるし、天地も懐いてるよな）

明利はそれならばと、岩瀬に甘えることにして、零治とゆっくりお茶の時間をすることにした。

零治が明利を招いた部屋は、どうやら書斎のようだった。

壁に沿うようにして本棚が並び、ぎっしりと本が詰まっている。

歴史や文学の本もあるが、経済学やビジネス書などが大半で、昨今のヤクザというのはインテリなんだな、と思った。

こちらも洋室で、どっしりとした木製のデスクの他に、ローテーブルとソファのセットがあり、明利と零治はそこに向かい合って座っている。

「零治って、こういう部屋で仕事してるんだな。正直、イメージが全然違う」

正直に言うと、零治は肩をすくめた。

「まあ、親から引きついだものだからな。実家に住み始めたのも、組を継いでからだし。それまでは、別宅のマンションにいた」

「それまでって、学生時代の話だろ？　じゃあお前、中学生のときにはもうひとり暮らししてたのか？　えっ、そんなわけないよな。だって、子供のころはどうしてたんだよ」

驚いて尋ねると、零治は苦笑する。

「正式に跡目を継ぐまでに、いろいろ事情があったからな」

「ああ……そうか。ごめん」

明利は咄嗟に謝り、目を伏せる。

「そういえばお前の家には、一度も遊びに行ったことなかったもんな。複雑な事情に、首を突っ込むつもりはないんだ。悪かった」

「いや。明利が俺に興味を持ってくれると思うと、嬉しいくらいだ」

零治の鋭い目に、柔らかな光が浮かんで、明利はホッとした。

「そうか。ならいいけど」

「俺はご覧のとおり、極道だ。でも明利は今でも、俺を友人として受け入れてくれている。感謝したいくらいだよ」

「親切にしてもらってるのはこっちだろ。どうしてお前が感謝するんだ」

言ううちに、明利はふと気がついた。

おそらく零治は、自分が極道だという負い目を、こちらが考えている以上に抱えているのかもしれない。

「そういえば、零治はもう忘れてるかもしれないけど。高校のとき最後に話したとき、なんだかケンカ別れみたいになっちゃって、気になってたんだ」

ああ、と零治は苦笑した。

「覚えてるが、あれは俺がガキだった。お前の優しさは忘れていない。あのとき俺は、本当に嬉しかったんだ。ただまあ、素直になれないお年頃ってやつだったからな」

よかった、と明利は胸を撫で下ろす。

「俺としては、お前のことは……中学のころから、逆境に一人で立ち向かってて、すごいやつだなって思ってた。だからなんとか励ましたかったんだ。正直、少し憧れてもいたし」

言ってから恥ずかしくなって頭をかくと、零治は驚いた顔で、明利を見る。

「憧れる……？　俺に、お前がか？」

「おかしいか？　零治って他人とベタベタつるまなくても、我が道を行くって感じだったじゃないか。勉強も結構できたし、かっこよかったしな」

「そ、そうか。明利も成績は悪くなかっただろ」

「悪くない、って程度だよ。でも今になってみると、おこがましかったかも」

「うん？　なにがだ」

だって、と明利は自嘲《じちょう》気味に笑う。

「お前はこうやって、立派に組を仕切ってて。親父さんの代からの、年嵩《としかさ》の人も結構いるんだろ。岩瀬さんだってそうだ。それなのに、ちゃんと組長として堂々としてる。それを励ました俺のほうが、よっぽど今、へたれちゃって助けてもらって……みっともないよな」

「そんなことはない！」

ふいに真面目な顔と声になって、零治が力強く言う。

「あのとき、お前にかけてもらった言葉はずっと覚えている。突っ張ってはいたが、今にも折れそうだったあのころの俺の、支えになっていたくらいだ。それに……中学時代のお前と過ごした時間は、人生の中で特別なものになっている。それくらい、明利と過ごした時間は、大切な思い出なんだ」

そうか、と明利は神妙につぶやく。

（そんなふうに思ってくれるほど……零治の高校生活は寂しいものだったんだな）

いつも堂々として、どこか影はあるものの、孤高の人に見えていた高校時代の零治。その内面の辛さを想像して、明利は胸が痛くなった。

「……そうだよな。構成員の年齢もバラバラな、こんな大きな組の責任を背負わされたんだ。お前、大変だったんだろうな、零治」

つぶやくと、零治は薄く笑って首を左右に振った。

「まっとうに頑張ってきたお前のほうが、よほど偉いと俺は思うぞ」

「俺は普通。やれること、やるしかないことをやってきただけだ」

「普通というのが、大変で、大事なことだろう？　俺みたいなのは、しょせんは日陰者だ。胸を張れる仕事じゃない」

高卒で七年間社会に揉まれてきた明利は、確かにいろいろしんどい思いもしてきた。だが好きで極道になったわけではない零治に、自分自身を悪く言って欲しくなかった。

「お前が頑張ってきたのは、組員の人たちを見ればわかるよ。みんなお前のことを怖がってるってだけじゃなくて、尊敬してるじゃないか。それはお前が誠実で信頼関係を、ちゃんと構築しているからだと思う。あまり卑屈《ひくつ》に考えるなよ」

励まそうと真っすぐに目を見て言うと、なぜか零治の首から耳にかけてが、ぶわっと赤くなっていった。

（ん？　どうしたんだろう）

眉を寄せ、零治の様子を見ていると、ますますその顔は赤くなっていく。

「誠実。……明利。お前は極道の俺を、そんなふうに思ってくれるのか」

「あ、ああ。極道の前に、元同級生だからな。もちろん昔のことだし、お前の全部を知ってるわけじゃないけど」

なにかまずいことを言っただろうか、とうろたえる明利を、零治は鋭い目でキッと見据える。

「そうか。それなら言っておく。別に悪いことでもなんでもないからな。こんな俺を誠実だと思ってくれるお前に、隠し事はしたくない」

いったいなにを言う気だろう、と明利は身構える。

「……やっぱり、本当は俺たちを預かるのが、負担になるんじゃないのか？　遠慮しないで言ってくれていいんだぞ」

「いや、見当違いだ。つまりだな。俺は中学生のころから、お前が」

一度言葉を切り、すうう、と零治は大きく息を吸い込んだ。

「好きだった。大好きだ」

えっ、と明利は固まった。零治が真っ赤な顔をして、怖いくらいに真剣な表情になっているせいで、これは冗談ではないと感じる。

明利は無言のままだったが、ぐら、と一瞬、世界が揺れたくらいの衝撃を受けていた。

（好きって、この顔で言うってことはあれだよな。オトモダチとしてとかじゃないよな）

考えるうちに頭がぐるぐるしてきて、明利は慌てて尋ねる。

「――あの。っていうことは、あれだ。零治って、女に興味ないのか」

動揺して、変なことを聞いてしまったが、零治は堂々と肯定した。

「ない。少なくとも、これまで恋愛感情を持った相手はいない」

「で、でも、正直わからない。どうして俺にそんなことを思ったんだ。お前、選べる立場だろ。組の中にも、なんだか俳優みたいな二枚目が結構いたし」

「他の男はどうでもいい。明利。俺はお前を好きだと言っている」

零治はうろたえる様子もなく、一度も明利から目をそらさずに言う。

「俺がお人よしで善人で、親切心からだけでお前をここに置くわけじゃない、ってことだけは理解しておいてくれ。俺は、お前が欲しい」

「ええと。ほっ、欲しい……って言われても」

好き、恋愛感情。零治が自分に。

意味がしっかりと頭に染み渡っていくうちに、明利の胸の鼓動は今や、耳に心臓がついているのかと思うくらい、ドクンドクンと大きく高鳴っている。

しかし極道の組長にこんなことを言われたら、悲鳴をあげて逃げてもおかしくなさそうなものだったが、明利は零治の告白に、嫌悪感は覚えなかった。

ただ、想像もしなかった展開に、とてもではないが頭がついていかない。

「――わ、わかった。だけど考えさせてくれ。気持ちの整理が……」

「考えてくれるのか！」

零治は、嬉しそうな声で言う。

「さすが明利は寛大だな。嫌われても、突き放されても、俺の気持ちは変わらないと決意はしていたが」

咄嗟のことで、答えを曖昧《あいまい》にしただけだったのだが、零治はそんなふうに言って、滅多に見せないような、照れ臭そうな笑みを浮かべる。

なぜかそれを見た明利の胸は、キュッ、と甘く痛んでしまい、キュッじゃないだろ！と慌てて自分自身にツッコミを入れたのだった。


部屋に戻ると、天地はまだ眠っていた。

そろそろ起こして遊ばせないと、夜に眠らなくなってしまうだろう。しかし、心地よさそうな可愛い寝息につられて、ついその隣に横になる。

そうして、眠っている天地の頭を撫でながら、明利は零治との関係について考え始めた。

とにかく、驚いた。

正直まだ、信じられない。からかわれているのではないか、という思いがある。

（でも、零治の態度からして本気だったよな。顔は普通にいつもの強面だったけど、妙に赤くなったりして……。なんだこれ、こそばゆくてムズムズする）

うああ、と明利は自分の髪をくしゃくしゃにした。

（嘘だろ。あいつ、俺と恋愛したいっていうのか。つまり、せっ、性欲とか、そっちの対象にもなるわけだよな……？）

明利は天地を起こさないように気をつけつつ、ベッドの上でじたばたする。

（俺とそんなことして、楽しいのか？　そ、そもそも、俺は上と下、どっち側だと思われてるんだ。……意外に普段男らしいやつが実は、ってことも……いやいや零治に限って、それはないだろ。じゃあ、必然的に俺が女役か？）

そこまで考えて、無理だ、と明利はつぶやいた。

（だいたい、そうだ俺は今それどころじゃない！　天地の居場所と俺の職場を確保しないと。もちろんあいつだって、それはわかってくれてるはずだ。俺が断っても、態度を変える気はない、って言ってくれてたし）

基本的に明利は零治のことを、人間的に嫌いではない。だからこそ突き放すつもりもないし、困ってしまう。

（……しかし待てよ。いきなり付き合うだの性欲だの、最後まで考える俺がおかしいのか？　た、たとえば、キスはどうだ。できるか？）

カーテンを閉めた静かな室内。とりとめもなく考え続ける明利の脳内で、零治が顔を近づけてくる。

引き締まった、形のいい唇。綺麗な歯並び。自分の間近に迫ってくるであろう、鋭い目。

「……っわ」

ドクン！　と大きく胸が高鳴った。

（お、お子様のキスじゃないよな。あいつの舌と、俺の舌が、ふっっ、触れたりするわけで、それで）

深いくちづけに抗《あらが》えずに横たえられ、耳元でもしもあの低い美声で、好きだ、などと囁《ささや》かれたら。

密着する体温。あのしっかりとした、強靭な身体に組み敷かれる自分。

（それで……それで、あの手がもし、シャツの下とかに入ってきたら……）

おそらく拒絶できないのではないか、と明利は思った。

決して女性的ではないけれど、指の長いあの手が、自分の肌に触れる。

重なったくちづけは深くなり、そのうちにどちらも互いの間にある衣類が邪魔になってきて、直接体温を感じる。

胸の鼓動が、隠せないくらいに大きくなって、どうしていいかわからなくなってただもう、必死にシーツをつかむしかない。

そうなったらもう、キスをしただけで自然に自分のものは熱を持って……。

「アーちゃ、おんぶ……」

天地の声がして、ハッ！　とそこで明利は目を開いた。

いつの間にか、うとうととまどろんでいたらしい。

天地はまだ眠っていて、コロンと寝返りを打った。

どうやら、寝言を言ったらしい。

「やばい、何時だ。なんだか、危ない夢を見たような……」

つぶやいて、明利は気がつく。

部屋着のスウェットの生地を、自身がテントのように突き上げてしまっていることに。

かーっ、と顔が一気に熱を持つのを、明利は感じた。

そして自分が級友の同性に告白されたことにより、確実に意識してしまっていることを、自覚せざるを得ないのだった。


その日の夜、夕飯を食べ終えると、またも岩瀬がニコニコ顔でやってきた。

岩瀬の後ろには、食事中に天地を構ってくれていた、数人の若い衆たちもいる。

「天地くん、お昼寝が長かったので、少し遊ばせてからでないと眠らないのではないかと思いまして。私が面倒を見ますので、明利さんはお風呂にどうぞ」

パンチパーマの男が、岩瀬の背後で言う。

「え。でも、それなら天地も一緒に……」

「よろしければ遊んだ後、我々がお風呂の世話もします」

「あそぶ！　あそぶ！　のんのする」

たっぷり昼寝をし、夕飯を食べた天地は元気いっぱいで、自分から岩瀬に抱っこをせがんでいる。

いいですよね？　と尋ねつつ、天地を肩に乗せた岩瀬は、真剣な顔になって言う。

「天地くんのことは、組長ご自身から、自分と思えと命じられております。つまりは、組の宝。万が一にも天地くんにお怪我をさせたら、この岩瀬、腹を切って詫《わ》びます。安心して、お預け下さい！」

後ろの若い衆も、同様に頭を下げる。これだけ責任感が強いベビーシッターも、そうはいないだろう。

それに考えてみると明利は、姉が亡くなり天地を預かってから、ゆっくりシャワーを浴びる時間さえなかった。

昨晩も声はかけてもらったのだが、天地を洗うとそれで気力が尽きてしまい、早々に休んでしまっている。

「じゃあ、お言葉に甘えて、お願いします」

「お風呂とお着換えの支度は、できております！」

別の男がサッと明利に、着替えの浴衣とタオル一式を渡してきた。

ありがたい、と素直に明利は感謝してそれを受け取り、風呂場へと案内されたのだったが。

「来たか、明利！　待っていたぞ」

「えっ！」

もうもうと湯気の上がる、ゆうに十畳ほどはありそうな、広い風呂場。

誰もいないと思っていたのだが、その大きな浴槽では、零治が湯につかっていた。

檜《ひのき》風呂らしく、ぷん、と木のいい香りが漂っている。

以前ならなにも気にしなかっただろうが、なにしろ告白された後だ。

とはいえ、恥ずかしがると余計に恥ずかしくなってくる。

先刻、妙な夢を見てしまったからなおさらだ。

(――平常心、平常心。男同士で風呂に入るだけなんだから、温泉と同じと思えば)

明利は自分にそう言い聞かせながら、ぎくしゃくと頭と身体を洗い、ちゃぷ、と足先からそっと湯船に入った。

あまり離れて入ると、こちらが避けていると思われるかもしれない。

明利は零治から、ほんの少し離れた隣に、足を投げ出して座った。

いかに緊張していようとも、いい湯加減の風呂は気持ちがいい。

ふう、と満足の溜め息をついてから、ためらいつつ零治を見ると、向こうもこちらを見つめていた。

「天地は人懐こい子だな。岩瀬のことも怖がらないし」

「あ、ああ。預かってもらって助かってる」

告白を意識していない零治の様子に、明利は安心した。

「顔は怖いけど、優しい人だな」

「古株の幹部なんだが、あいつは子供好きなんだ。逆に、子供を泣かせるような人間には鬼みたいになる。一度、うちの若いのが借金の取り立てに押しかけた工場に、工場長のガキがいてな。怯えて泣いたのを見て、岩瀬が若いのをボコボコにしたことがあった」

明利は笑っていいのか悪いのか、複雑な気持ちになる。

（そういう話を聞くと、やっぱりヤクザの一家って感じがするな）

「やっぱり極道だな、と思ったか？」

零治は濡れた前髪をかき上げて、どこか寂しそうな笑みを浮かべる。

明利は心を読まれた気がして、ギクリとした。

「いや。まあ……その。確かに少しは」

「本当のことだから仕方ない。この組は、江戸時代から続いてる俠客《きょうかく》の家だ。素人《しろうと》さんに迷惑はかけねえなんて言ったって、時代の流れも限度もある。ヤクザはヤクザだ」

「だけど、零治」

それは確かにそうなのだろうが、思わず明利は零治をかばいたくなってしまう。

「お前が麻薬の密売とか、殺し屋をやってるわけじゃないんだろ」

「父親世代の……昭和のころは、そういうことも頻繁にやってたみたいだけどな。抗争で親父が死んだのは、お前も知ってるだろ」

うん、と明利は神妙な顔でうなずいた。

「だが暴対法が厳しくなってからは、グレーゾーンの仕事が多い。ネットを通じた風俗や賭場、同業の縄張りを奪いとるような商売がメインだ。並行して、一見まともに見えるビジネスも展開してる」

それだって、決して褒められた商売ではないのはわかるが、少しだけ明利は安心した。

「……お前がやりたくもない犯罪に手を染めてるんじゃないかって、ちょっと心配だったんだ。それなら、よかった」

「別によくはない。合法ギリギリってだけで、悪徳業者には違いない」

「でも好きでやってるわけじゃないだろ」

自分を責めるような零治を見ていたくなくて、明利は詰め寄るようにして言う。

ざぷ、と湯が揺れて、バスタブの外に零れる。

「ただ、そういう家に生まれて、仕方なく家業を継いだだけじゃないか。中学生のとき、お前に聞いたこと、俺は覚えてるぞ」

隣から零治の正面に回った明利は、声に熱を込めた。

「母親は、父親の本当の奥さんじゃない。本当の奥さんには子供がいなくて、それが申し訳ないから、自分が責任を取る、って」

「……明利。覚えていてくれたのか」

のぼせているのか、照れているのか、零治の目元は赤くなっていく。

「当たり前だろ。それに……辛いとき、悩んでるとき、いつも傍にいるのが当たり前みたいな人間がいてくれたら、って言ってたことも覚えてる。俺には姉さんがいたからな。お前がひとりぼっちに思えて、心配だったんだ。お前にも誰か、大事な守りたい人ができたらいいのにって……」

明利が言い終えた瞬間。

「明利！」

「えっ……わっ！」

ぐいっ、と腕を引っ張られ、ばしゃんと湯を跳ねさせて、明利は零治に抱き寄せられてしまった。

「今の俺にとって、それはお前なんだ明利」

「ちょっ、ちょっと、待って」

風呂の中だから、当たり前だが互いに裸だ。

服を着ていると細身に見える零治だが、その腕は逞《たくま》しく、胸板は厚い。

浴槽の端を背にして座った零治に、至近距離で向き合う形になった明利は、自然とその身体の上にまたがる体勢になっている。

至近距離で見る、濡れた髪の先から雫が滴《したた》っている零治は、男でもドキリとするような色気があった。

思わずじっと見つめてしまい、そんな自分に明利は焦った。

「お、お前って、どういう意味……」

「そのままの意味だ。今の俺なら、大事なお前を守れる。あのころの、親父や周りの言いなりになるしかなかったガキじゃない」

嬉しそうに言う零治の瞳は、星のようにキラキラと輝いている。

「そんなこと言われても、こ、こっちにも心の準備ってものが」

慌てふためく明利だったが、零治はお構いなしに距離を詰めてくる。

「明利。お前、思ったより華奢《きゃしゃ》だな。飯はきちんと、食ってるのか？」

「あっ、ああ、でも、いろいろあったから。最近、少し痩《や》せたかもしれないな」

「それはよくないな」

言いながら、つっ、と零治は爪の先を明利の背中に滑らせる。

わあっ！　と明利は、自分でもびっくりするような声を出してしまった。

くすぐったいのと、電流が走るようなピリピリした感覚が同時に走り、飛び上がりそうになってしまう。

けれど零治はその身体を、しっかりと拘束したままだった。

「……感じたのか、明利」

耳元に唇を寄せて言われ、明利は鯉《こい》のように、口をパクパクしてしまう。

「かっ、感じるって、なにを言ってるんだ」

「でもお前、顔真っ赤だし」

顔が赤いことも感じたのかも、明利自身にはよくわからない。

しかし同性と全裸でほぼ密着している状態で、こんなに動揺しまくっているというのは、ほとんど肯定しているようなものだろう。

そんな自分に、ますます明利は混乱してしまう。

「それはその、のぼせてるからだ。……そうだ、もう出ないと」

言って、零治から離れようとした身体を、さらにぐるんと反転させられるようにして引き戻される。

「わ。いっ、いい加減にしろよ、零治っ」

「まだ入ったばかりだろ」

自分の身体を座椅子にするような状態で、零治は背後から明利の身体に手を回してきた。

背中がぴったりと零治の上半身に密着し、明利は自分のどんどん大きくなっていく心臓の音がバレないかと、心配になった。

そんな明利を翻弄するように、なおも零治はとんでもないことを言う。

「……綺麗な肌をしてるな、明利は」

「はあ？　なにを言って……っあ！」

（うわ。まずい、変な声が出た！）

胸から脇腹を撫でるようにして、零治の手のひらが上下する。

ぴくっ、ぴくっ、とそのたびに、明利の身体は反応してしまっていた。

（こ、これは、俺がおかしいのか？　誰でもこうなるものなのか？　なんか……だっ、駄目だ、もう平静を装えない）

はあはあと、いつの間にか呼吸も荒くなっていた。

自分でも、目がトロンとしてきているのがわかる。

「零治、俺……本当に、のぼせちゃう、から……っ」

「ああ。可愛い」

（可愛いだと？　凡人のサラリーマン……じゃない、無職の男だぞ、俺は！）

耳元で囁かれ、ボッ、とさらに明利の顔が熱を持った、そのとき。

「あっ、ん！」

零治の片方の手が自身に触れ、先刻以上のとんでもない甘い声を、明利は出してしまった。

おお、と感極まったように、零治が言う。

「感じてくれてるのか、明利」

「これはっ、だって、そんなふうに、されたら……っ！」

違う、とは言えない。実際に明利のものが熱を持ち、勃ち上がってしまっているのだから、どんなに恥ずかしくとも隠しようがなかった。

「あ……、そんな、に、したら……っ」

明利は両手で、零治の肩にすがるようにして、ぎゅっと目をつぶる。

零治の指は、優しく根本から明利のものを、大切なものでもあるように撫で上げた。

明利には、男性どころか女性経験もない。

必死に働いてきて、それどころではなかったからだ。

もちろん自分で処理はしていたが、それとは全然違う。

(やばい、やばい、どうしよう)

甘い快感が、零治の指先ひとつで、下腹部から湧き上がってくる。

「ん、はあっ！」

また、変な声が出てしまった。

しかも風呂場のせいで、反響して自分の声が大きく聞こえる。

(駄目。駄目だ、もう、我慢できない！)

明利は涙目になって、懇願した。

「もっ、もう、離してくれ！」

どうして？　と悔しいくらい色気のある、それでいて男らしい目で零治は明利を見る。

それにさらにドキドキしながら、明利はかすれた声で言った。

「だって。こ、このままじゃ、湯船、汚すから……っ！」

「俺の手に、出していい」

耳朶《じだ》を唇で挟むようにして言われ、先端をキュッと押すように刺激された、瞬間。

「駄目、出ちゃ……っああ！」

ビクビクッ！　と大きく明利の身体が跳ねた。

次いで、がっくりと脱力すると、その背を思い切り零治が抱き締めてくる。

はあっ、はあっ、はあっ、と明利はしばらく、零治の腕の中で、荒い息をついていた。

「……明利。大丈夫か？」

その声に、明利はハッと我に返る。

凄まじい羞恥といたたまれなさを感じ、明利は咄嗟に謝っていた。

「ご……ごめん、お湯、汚した」

「なにを謝ってるんだ。湯なんか、取り換えればいい」

でも、となおも気にしていた明利だったが、ある事実に気がついて、それどころではなくなった。

（わっ！　こ、これって）

というのも明利の腿の後ろ側に、尋常でないくらいに硬い、熱いものが触れたからだ。

自分は触れられて、快感を覚えて達してしまった。

零治はまだだ。こういう場合、放置していいものだろうか。

達してしまったのだから、自分もお返しするのが礼儀だろうか、とかつて想像したこともない、とんでもないこの状況にぐるぐる悩み始めた明利だったが、零治は快活に言った。

「気にするな。最初から無茶をする気はない。明利、俺は」

零治は明るい声で言う。

「お前が俺の手で感じてくれて、嬉しかった」

「零治……」

湯の中であっても、零治のものがなんだかもう、とんでもないことになっていて、爆発寸前なことが明利にもわかった。

それは腿のあたりに触れている個所の熱や硬度で、いやでも察せられる。

それでも零治は自分を怯えさせないよう、気遣ってくれていた。

「い、いいのか、そのままで」

尋ねると、真剣な目と声で零治は言った。

「俺は、お前が嫌がることは決してしない。約束する」

(絶対に嫌、ってほどじゃない)

明利は思って、そう考えた自分に動揺して眉を寄せた。

(嫌じゃないだと？　俺はゲイだったのか？　そんなはずはないけど、でも)

自分の手で零治が感じてくれたら、と考えると、嫌どころか妙にキュンと胸が痛んだ。

(こんな男前がどんな顔でいくんだろうとか、つい想像したくなる……って、どうしたんだ、俺の頭は)

ひたすら混乱していると、触れている熱がますます生々しく感じられて、明利は焦って零治から離れようと、湯をバシャバシャさせて前へ進んだ。

こうしたとまどいを、零治は明利が怖がっていると思ったらしい。

「先に上がるぞ。お前はゆっくり入ってろ」

「えっ。あっ、だけど」

「汚れは気にするな。他の連中の風呂は、別にあるからな。ここは俺たちが出たら、湯は流す」

「零治！　あの」

風呂場を出て行こうとする零治の、引き締まった背に、思わず明利は声をかけた。

「俺、……もちろん、すぐには応じられないけど、別に、お前を嫌いになったとかはないから」

零治は低く、そうか、とつぶやいて、風呂場を後にした。

ひとりきりになった途端、ホッとして脱力し、明利は浴槽の中でぐったりする。

（……うわ……どうするんだ、俺。っていうか、なにやってるんだ）

男に手でいかされてしまった。それが特に嫌ではなく、むしろ自分でするときより、ずっと感じてしまったことへのショックがある。

（なんで嫌じゃないのか、わからないけど、腹が立つとしたら、あいつが悔しいくらい、男前に見えたってことくらいだ）

零治が目の前からいなくなっても、しばらく明利の瞼《まぶた》の裏には、しなやかで綺麗な筋肉のついた、男前の姿がちらついて離れない。

（風呂場だから、当然だけど。髪も唇も濡れてて。濡れた筋肉が照明に光って、紅茶みたいなシャンプーの匂いがして、甘い声にエコーがかかったみたいになってて……な、なんていうか。セクシー、だった）

ああ、と明利は湯船で頭を抱え、次いでバシャバシャと顔を洗った。

（今の俺は！　それどころじゃないんだよ！　住む場所と仕事を早く見つけて、天地を守らなきゃ……。クソ、零治のやつ。あんなにかっこいい声出して、器用な指して、ずるいんだよ！）

それから明利は、零治の言葉や行動をひとつ思い出すたびに、恥ずかしさともやもやした気持ちに耐えられず、湯の中で悶絶《もんぜつ》してしまったのだった。

◆◆◆

（うおおおおお！）

零治は脱衣所で仁王立ちになり、ガッツポーズを取っていた。

（明利が、嫌じゃないと言ってくれた！　前向きに、検討をしてくれると！）

喜びと安堵で、満面の笑みを浮かべつつ、零治はうきうきと身体を拭く。

先刻は、大変だった。

なにしろ長年想いを抱いていた相手が、自分の手の中で達したのだ。

「俺はあのときの明利の声を、生涯忘れることはない！」

思わず心の声が、口から出てしまう。

うなじに伝う汗は水晶のようだったし、ほんのりと赤く染まった耳朶は、みずみずしい果実のようだった。

甘い吐息。それに合わせて上下する胸。

思い返しただけで、自身が暴発しそうだ。

実際、あのときは危なかった。

強引に、明利の身体を、思うさま貫いて、貪《むさぼ》りたくてたまらなかったのだ。

それを零治は、強靱な意志と理性、そしてあえて必死に思い浮かべたくだらない妄想で、なんとか思いとどまった。

（本人には言えないが、岩瀬のおかげだな）

零治の危機を救ったのは、メイド服で、おかえりなさいませ組長様、と出迎える岩瀬の姿だった。

それを想像した瞬間、零治のものは信じられない勢いで萎えてくれたのだ。

助かったが、緊急事態とはいえ、なんだか岩瀬に借りを作った気がする。今度飯でも奢ってやろう、と零治は思った。

零治は、まだ明利が入っているはずの風呂場のドアを、ちらりと見る。

そして、このゆるんだ顔で組員たちの前に出るわけにはいかない、と必死で怖い顔を作りつつ、脱衣所を出たのだった。

◆◆◆

明利が住んでいたアパートと、姉の住んでいた施設の解約手続きと片付けが終わったのは、零治の家に身を寄せて、三日目のことだった。

天地も少し新居に慣れてきたらしく、昨晩は泣かずにぐっすり眠っていた。

おかげで今朝は機嫌よく、明利の膝の上で天地は朝食の蒸しパンを、もりもりと食べている。

そんな天地を、座卓を挟んで正面に座っている零治が、慈愛に満ちた目で見つめていた。

「美味いか、天地」

「うん。んまい！　れーじも、んまい？」

「ああ、美味いぞ。俺のも食うか？　ミョウガの味噌汁と、分葱《わけぎ》の酢味噌和えくらいしか残っていないが」

「待て零治。それは三歳児にはちょっと、渋すぎるチョイスだと思う……」

そうか、と零治は首をひねってから、アサリの佃煮を差し出した。

「これならどうだ？」

「それなら……小さいのなら大丈夫かな」

てて、と零治のもとに向かった天地は、ひとつアサリを分けてもらい、しゃぶるようにして食べ出した。

「アーちゃ、これね、んまい」

それならお礼を、と明利が言う前に、天地は零治に向かって、深々と頭を下げた。

「あいがと、ごぜます」

「うん。よく噛んで食べろ」

微笑ましいなあ、と明利は自分の頬がゆるむのを感じたが、零治と目が合うと、パッと思わずそらしてしまった。

風呂場での一件を思い出すと、どうしても意識してしまうからだ。

(零治は堂々としてるし、俺だけあたふたしてバカみたいだ。いや、だけどそれはそうだろ。前と同じでいるのは、どうしたって難しいよ)

そしてそろそろ食事を終えるというころ、ふいに岩瀬がこちらへやってきて、零治と明利、両方を見て言う。

「お食事中、失礼します。組長が事務所に行かれる前、お三人がそろっているときに、ご相談させていただいたほうがいいと思いまして」

「相談？　何事だ、岩瀬」

零治が怪訝《けげん》そうに眉を寄せると、岩瀬はにこにこした表情で話し始める。

「羽柴たちとも昨晩話し合ったんですが。組長は、年末にはお忙しくなると思います。逆にそれまでは、比較的お時間が取れるでしょう。いかがですか、組長、明利さん。気分転換に、近場の温泉で骨休めでも」

おお、と零治の表情が、パッと明るくなった。

「いい提案だ。気が利くな」

いやいや、と明利は慌てて両手を振った。

「申し訳ないですが、無理ですよ。天地もいるし、金銭的にも余裕はありませんし」

わかっています、と岩瀬は苦笑する。

「事情はあらかた把握しております。うちの系列会社の保養所が南伊豆《みなみいず》にありますから。もちろん、無料です。コテージタイプで、温泉がついているんですよ」

「いや、そ、それでも難しいですよ。俺は今、仕事を探すことで頭がいっぱいだし」

「一泊だけですよ、明利さん！」

表情を曇らせる明利に、なぜか別の組員まで岩瀬の背後から顔を出す。

「天地くんだって、海で遊んだら気分転換になると思いますし！　もちろん、私どもが責任を持ってお守りもお手伝いも、させていただきますんで！」

なあ！　というようにその組員が別の組員を見ると、目を見交わしてうなずいている。

なぜかみんなして、明利たちを旅行へ連れ出したいらしかった。

「そ……そう言ってくださるのは、ありがたいですけど」

世話になっている以上、せっかくの誘いを頑なに断るのは悪い気がしたが、それでも一抹の不安があった。

「天地、大丈夫かな。環境があちこち変わって、落ち着かないんじゃないかって」

「なあに？　アーちゃ、どしたの？」

自分の話をされていると感じたのか、心配そうにきょろきょろしている天地に、安心させるような声で零治が言う。

「天地は、海を見たことがあるか？」

ん、と天地はこっくりうなずく。

「天地ね、おっきなおさかなさんすき！」

おっきな？　と聞き返した零治に、明利が答える。

「天地が好きな絵本なんだ。本当の海は、見たことないんじゃないかな」

明利の言葉に、天地は大きく反応した。

「ほんとのうみ？　ほんとのうみあるの？　いくの？」

星のように目をキラキラさせた天地に、思わず明利は正直にうなずいてしまった。

「天地、海を見たいか？」

「みるー！　ほんとのみる！　天地、ほんとのうみみるよ！　いつ？」

「ええと……」

見たいか？　と尋ねたら、見たい、ではなくて、見る、と断言されてしまった。

岩瀬も組員たちも、そして零治も、どうだというように明利を見ている。

これはもう、止められない流れかもしれない。

（確かに、気分転換にはなるかもしれない。正直、疲れてるし……温泉にも惹かれる）

わかった。とつぶやくように言って明利がうなずくと、周囲で事の成り行きを見守っていたらしき組員たちが、いっせいに顔をほころばせる。

POSTCARD

STAMP HERE

101-8405

東京都千代田区
神田三崎町2-18-11

二見書房
シャレード文庫愛読者 係

通販ご希望の方は、書籍リストをお送りしますのでお手数をおかけしてしまい恐縮ではございますが、**03-3515-2311までお電話くださいませ。**

＜ご住所＞ □□□-□□□□

＜お名前＞ 様

＜メールアドレス＞

＊誤送を防止するためアパート・マンション名は詳しくご記入ください。
＊これより下は発送の際には使用しません。

TEL	職業／学年
年齢　　代	お買い上げ書店

Charade 愛読者アンケート

この本を何でお知りになりましたか？

1. 店頭　2. WEB（　　　　　）　3. その他（　　　　　　　）

この本をお買い上げになった理由を教えてください（複数回答可）。

1. 作家が好きだから（小説家・イラストレーター・漫画家）

2. カバーが気に入ったから　3. 内容紹介を見て

4. その他（　　　　　　　）

読みたいジャンルやカップリングはありますか？

最近読んで面白かったBL作品と作家名、その理由を教えてください（他社作品可）。

お読みいただいたご感想、またはご意見、ご要望をお聞かせください。

作品タイトル：

ご協力ありがとうございました。
お送りいただいたご感想がメルマガに掲載となった場合、オリジナルグッズをプレゼントいたします。
HPのご意見・ご感想フォームからもアンケートをご記入いただけます ➡

「では、さっそく手配します！」

「組長もそれでよろしいですね？」

ああ、と零治がうなずくと、天地が歓声をあげた。

「よろしー！　うみ！　うみ！」

「よし、天地。俺が一番気に入っている浜辺へ連れて行ってやる。綺麗だぞ」

わあい、と天地は零治の手を取ってぴょんぴょん飛び跳ね、さらにはしゃぐ。

明利は複雑な思いで、そんなふたりを見ていた。

（……天地が嬉しそうなのはいいんだけど。……零治と一泊とはいえ、旅行ってことは、ふたりで同じ部屋だったりするのか？　そ、そういうことなのか、零治）

思わず零治の顔を見たが、どうした？　というように冷静な表情をしている。

明利は後ろめたく感じて、目をそらした。

（いやいや、俺が嫌なことは、絶対にしない、って零治は言い切ったからな。約束を破るやつじゃないし。……なんかされるんじゃないか、とか想像するのは、俺の己惚《うぬぼ》れっていうか、零治に対して失礼だよな。うん）

まだ明利が躊躇していると思ったのか岩瀬が言った。

「ご安心下さい、明利さん。おふたりのことは、命に代えてもお守りします！」

「ぜひ組長とラブラ……いや、憩いのひとときを！」

「明利さん、俺らを信じて下さい！」

組員たちは、なぜか妙に必死になって、明利を説得してくる。

「天地、うみ、いく！」

ぎゅっ、と両手を握り、うるうるした大きな目で、天地が下から見上げてきた。

はあ、と明利は溜め息をつく。

「……ずるいぞ、天地。そんな目で見るなんて」

ついに明利は、陥落した。

「じゃあ、お言葉に甘えてさせてもらっていいかな、零治」

「もちろんだ！　大船に乗った気で、どこまでも甘えてくれ！」

なぜか目元を赤くして、零治はそう断言したのだった。


（……今日で姉さんが死んでから一週間か。なんだか、あっという間だったな……）

遠浅の海辺で、零治の横に立った明利は両手を大きく広げ、深呼吸をした。

水平線を見つめ、姉の死に思いをはせる。

零治が明利を連れて来たのは、南伊豆の、弓ヶ浜《ゆみがはま》海岸だ。

零治は関東近郊の浜辺の中で、ここが一番好きらしい。

確かに、素晴らしく綺麗な海岸だった。

青と緑の混じった海は、さえぎるものもなく水平線まで見渡せる。

白いレースのような波が、何層にも折り重なるように、次々と白い砂浜に寄せては返す光景は、心が洗われるようだった。

うっとりと見惚れていた明利だったが、もちろん天地の反応は違う。

「きゃーっ！」

波打ち際で、ぎりぎりまで次の波を待ち、押し寄せてくると逃げるという零治が教えたゲームに、熱中していた。

「そら、もう引いていった。追いかけろ！ ようし、ここで待とう。……今度は逃げろ、次の波は大きいぞ！」

「きゃはっ！ きゃあぁ！」

てててと濡れた浜辺を走る天地の足を、波がとらえるかと思った瞬間。

「セーフ！ 危なかったな天地！」

ザザーン、と打ち寄せた波が届く寸前、ひょいとその身体を零治が抱え、持ち上げた。

「あっ。零治、お前！」

おかげで天地はまったく濡れなかったが、零治の膝から下と革靴は、ずぶ濡れになっている。

「天地と遊んでくれるのは嬉しいけど、せめて靴脱げよ。革が駄目になっちゃうぞ」

「一度濡れたら、何度でも同じことだ」

まったく気にした様子もなく零治は笑って、再び天地と波との遊びに興じ始める。

「なかに、おさかないゆ？　あのなかのとこ、いっぱい、あのね、ほんでね、みたの」

抱き上げられた天地は、海に向かって小さな指を差す。

「いるぞ。トラックみたいにでかいのも、天地の指みたいに小さいのもたくさん」

「じゃあ、みたい。もっとそっち」

「いや、ここからじゃ見えない。それくらい、海は大きくて深いんだ」

「みえるよ？　もっと、そっちは」

そっちそっちと、天地は沖を指差した。

やれやれと明利は溜め息をつく。

「天地。我儘を言ったら駄目だ。船で行っても海中なんて見られな……わっ、零治！」

零治は天地を肩車して、ざぶざぶと膝まで海に入っていき、明利は慌てる。

「なっ、なにやってんだよ、危ないだろ！」

「大丈夫だ、これ以上は行かない。ほら、下を見てみろ天地。そこからだと、海の中は見えないだろ」

「んー。ゆらゆら、くろいのいる」

「それは海藻だな。浜辺にもあっただろ。海の生き物が見たいなら、浜辺や逢ケ浜《おうのはま》の岩場にもいるぞ。行ってみるか？」

いく！　と叫ぶ天地を肩車したまま戻ってきた零治を見て、明利は笑っていいのか叱るべきなのか、困ってしまった。

ザン！　と一際大きな波が来て、零治は腰のあたりまで濡らしている。

「おい、零治。いい加減にしないと風邪ひくぞ。あーあー、上着の裾《すそ》まで濡れちゃってるじゃないか。着替えとか、持ってないのか」

「車にあるが、面倒だ。どうせ天地と遊べば、汚れるだろう」

言いながら、戻ってきた零治の肩から降ろしてもらった天地は、おおはしゃぎで駆け出した。

「あっ、こら、ひとりで走ったら危ないだろ！」

明利が言うより早く、零治も天地と一緒になって走っていき、その身体を抱きとめる。

そうして今度は、貝を熱心に拾ったり、砂を掘ったり、やがては岩場でカニを追いかけ始めたふたりは、いつまでたっても車に戻ろうとしなかった。

「零治。お前本当に、風邪ひくって」

「服ならあらかた乾いた。明利も来てみろ。なんだかいろいろいるぞ」

「アーちゃ、うぞうぞ、なんかね、うごいてゆ。かにみたいのとかね、ちがうのもいるの」

天地と同じくらい、楽しそうにしている零治に最初は困惑していた明利だったが、そんなふたりの姿を見ているうちに、だんだんと心がほんわかと和んできていた。

（そういえば零治って、こういうふうに子供のころ、海で遊んだことないのかもしれないな。

天地も海に来られて大喜びみたいだし。来てよかった）

冬間近とあって、浜辺に人影はほとんどない。

離れた海岸にはちらほらと、サーファーたちがボードに乗っているのが見える。

だが実は零治によると、岩陰には左右にひとりずつ、ボディガードの江東《えとう》と西川《にしかわ》が、いつなにがあっても対応できるよう潜《ひそ》んでいるらしい。

無粋だが、零治の商売柄、これればかりは仕方ないのだろう。

そんな一面はありつつも、遠く沖には白いタンカーが、ゆっくりと通り過ぎていく。

日は傾きかけていたが、まだ青い空には刷毛《はけ》で薄く描いたような雲が流れ、風には潮の香と、ウミネコの鳴き声が混ざっていた。

冷たい潮風が、サラサラと明利の髪をなぶる。

傾いてきた太陽は、キラキラと海面をきらめかせ、その中にシルエットのように浮かぶ零治と天地が、明利にはとても尊いものに見えていた。

コテージの部屋に入ったときには、すでに天地は遊び疲れて、ベッドに横たえるや否や、ぐっすり眠ってしまった。

窓の大きなツインの和洋室で広さはかなりあり、今夜はここに零治と三人で泊まることになっている。

先刻、海辺にいたときには天地が嬉しそうで、あまり深刻に考えていなかったのだが。日が暮れて、零治と同じ部屋で夜を過ごすのだと考えるうちに、明利は平常心ではいられなくなってきていた。

（なんだ俺。緊張してるのか。……まあ男とはいえ告白してきた相手だからな。気にしなくていいって、零治は言ってたけど。まったく意識しないのは難しい）

そもそも零治は、あまたある極道組織の中でも、名の知れた組を継ぐのだと、高校の卒業前に知った。

中学時代に明利と零治が親しかったと知った高校教師が、進路指導の際に告げ、近寄らないほうがいいと警告された記憶がある。

組そのものはさして大きくないが、絶対的な組員の忠誠心と献身は今時珍しく、まだ高校生でありながら零治の持つカリスマ性は恐ろしい、と同業者たちに一目置かれているのだそうだ。

現在は、合法ギリギリの仕事がほとんどだと零治から聞いているが、明利の知らない怖い面もあるのだろう。

しかし逆に、そうした殺伐とした世界の中にいて、失意や孤独も多く経験したのではないかというのも、想像がつく。

それでも自分に対して零治は、かつての同級生として温かく接してくれている。

天地のことも、こちらが驚くくらい可愛がってくれている。

（そんなお前を、嫌いにはなれないけど、なんで俺なんかを好きなのか、今も信じられない。根は真面目なやつだから、からかってるんじゃないとは思う。でも……）

オーシャンビューの窓際のチェアに腰かけて、物思いに耽《ふけ》っていると、着替えを終えた零治がやってきて、テーブルに珈琲カップを置いた。

「珈琲を淹《い》れた。飲むだろ？」

「ああ、ありがとう」

零治の横顔は、男から見ても整っていて、素直にかっこいいなと感じる。

複雑な思いで明利は目を伏せ、カップに視線を向けた。

と、零治がふいに言う。

「――なあ、明利。俺が告白したことについて、悩んだりはしてないか」

えっ！　と明利は驚いて顔を上げた。

なにもかも見透かすような鋭い目を向けられて、自分の頬が、わけもなく熱を持つのがわかる。

なんでもないような顔をしているが、実は零治も緊張しているのか、その喉が、ごくりと動いた。

明利はパッと顔を海に向け、ぼそぼそと答える。

「べ、別に、悩んではいない。ただ、つまり……あれだ。風呂場であいうことになっただろ」

「ああ、なったな」

「あれはもう、理屈じゃないだろ。釈明できないというか。要するに、零治が嫌いだったら、身体があんなふうに反応しないと思うんだ。おっ、男の手でなんて。だから、俺は、その……つまり」

釈明しながらどんどん恥ずかしくなってきて、明利は無理やり話を変えた。

「なあ、零治。この際聞くけれど、なんで俺なんだ？」

零治は肩をすくめた。

「具体的に聞きたいか？」

「あ？　ああ」

零治は表情も口調も、いたって真剣そのもので答える。

「学生時代のお前は、俺にとっておひさまみたいなものだった」

「おひ……さま？」

「ああ、太陽だ。一生懸命で、真っすぐで眩しくて、俺にとってお前は、正しく清いものの象徴のように感じていた。社会人になって、お前も昔のままというわけにはいかないだろう。だが、だからこそ俺はそんなお前を守りたい。これ以上傷つかないよう、大事にしたいと思っている」

嘘だろ、と明利は内心つぶやく。

確かに必死に生きてきたが、それは容量が悪く不器用で、上手く器用に立ち回れなかっただけだ。

けれど、そんなふうに零治が思ってくれていたのかと思うと、再び顔が熱を持ち始めた。

「お、俺は、ただの、その辺のサラリーマンで、今は無職のつまらない男で……」

明利の自虐に対して、零治の答えは明確だった。

「俺にとっては、違うんだ。――明利」

零治はそっと明利の肩に手をかけて、自分のほうを向かせた。そしてゆっくりと、顔を近づけていく。

（えっ。……えっ、どうする、俺）

ただあくせく働いてきただけ、と思っていた自分を、そんなにまで認め、零治が好いてくれていたのだと思うと、それは嬉しい。

（嫌いじゃない。嬉しい。でもまだ俺は……）

心を決めかねていた明利だったが、焦点がぶれるほどの至近距離になると、自然に目が閉じた。

（――零治……！）

唇に唇の先端が触れた瞬間、零治は身体を、思い切り抱き締めてくる。

じん、と胸の奥が温かくなるような、不思議な感覚を明利は覚える。

かすかに紅茶のような、零治のつけているコロンが香った。

もうキスをしたんだ。してしまったんだ、と思うと、急に覚悟が決まってくる。

最初は食いしばっていた歯を、ほんの少しだけ開くと、零治の舌が入ってきた。

（……やっぱり、俺、嫌じゃない。キスをすると、こんなふうに誰でもなるものなのか？　ふわふわして、地面に足がついてないみたいな）

高校時代から時間があればアルバイトを掛け持ちし、卒業と同時に就職して働き始めた明利は、恋とは無縁な人生だった。

漠然《ばくぜん》と儀式的なものだろう、と考えていたものと、実際のキスはまるで違う。

（どうしよう。嫌じゃないどころか、俺……もしかして……）

おずおずと、明利は両手を、零治の背に回した。

すると改めて、零治の手にも力がこめられる。

窓の外から、ザーッ……という波音と、ウミネコの鳴き声がかすかに聞こえる。

明利は零治とのファーストキスに、眩暈《めまい》がするほどの快感を覚えていたのだった。

キスをしてからの明利は、いやがうえにも、これまで以上に強く零治を意識してしまっていた。

（いいか、間宮明利、落ち着くんだ。今はそれどころじゃないんだぞ。姉さんがいなくなって、俺は天地を守らなきゃいけなくて。それなのに、なんでなんだよ。零治のことで頭がいっぱいになりそうだ）

夕食の間も、ちらりちらりと零治を見ては、自分の顔がボッと火が点いたように熱を持った。

こちらを見ている零治は、どことなく嬉しそうだ。

明利は料理を口に運んではいたが、ほとんど味がわからない。

（これじゃまるで、初恋をした中学生みたいじゃないか。何年営業で揉まれてきたと思ってるんだ、俺）

見つめられていると、こちらの内心が伝わってしまいそうな気がする。

明利は時々咳払《せきばら》いをしたり、片手で顔を覆ったり、あるいは水をごくごく飲んだりして、動揺を隠そうとした。

しかしそうすればするほど、態度はぎこちなくなって、ますます頬が熱を持つのを感じていた。


夕食を終えてからは、天地は護衛としてついてきた極道たちとともに、貸し切り状態の保養所すべてを使った大迫力の鬼ごっこに熱中した後、電池が切れたように再びパタッと眠ってしまった。

いつもなら、天地が熟睡することは大歓迎なのだが、今夜はかなり事情が違う。

零治とふたりきりの夜を迎えた明利の緊張感は、さらに高まっていた。

「とりあえず、きちんと話をしようと思う」

風呂に入り、互いに備えつけのバスローブという格好になったふたりは、セミダブルのベッドの上で、もう二十分以上座り込んでいた。

明利は正座をし、その正面に零治が胡坐をかいている。

「だ、だから零治。俺もお前を嫌いってわけじゃない。かっこいいと思うし、男らしいし、親切だしな」

「……それは、俺に好意を持ってくれている、と受け取っては駄目なのか」

ひどく真剣な顔で尋ねられ、明利は焦りつつも肯定する。

「好意はずっと持ってる。ええと、友情的な意味で。恋愛としては、その。まだはっきりとはわからないけど」

「俺の手で感じた。キスを受け入れてくれた。それだけでは、足りないと」

「えっ。い、いや、足りないってわけじゃなくて、こっちの心の準備ができないというか」

ううん、と明利は必死で頭を巡らせる。

自分はなぜこうまで慌てているのか。憎からず思っていて、キスを交わした相手と肌を重ねるのは、流れとして自然なことだ。

他の人間が相手でも、ここまで混乱しただろうかと考えて、明利はハッとした。

「わかった！　あのな、零治。お前と俺とでは、立場が違うと思わないか？」

「どういうことだ？」

零治は困惑したように、ぐっと眉根を寄せた。

「キスした相手と、その先に行こうとするのは、俺だって男だからわかるよ。だけど……俺が女役っていうのは、納得いかない」

なるほど、と零治はうなずく。

「しかし体格からして俺が下というのは、ありえないだろう」

困惑する零治だが、明利は引かなかった。

「なんでだよ。男女のカップルでも、男のほうが小さいパターンなんてよくあるだろ。体格で決めるなんて、おかしいじゃないか」

「お前、俺を抱きたいのか？」

本気で驚いた顔で零治に尋ねられ、明利は自分が耳まで赤くなるのがわかった。

「そりゃやってみないと、わからないけど」

零治は腕組みをして、難しい顔になっている。

明利はそんな零治を改めて、まじまじと見た。

「そりゃ、お前は男らしいけど、そ、そういう、胸がはだけた感じになると、セクシーだし。く、唇の形とかも、綺麗だなって思う」

「そうか。俺は明利のピンク色に染まった耳朶や、バスローブから覗く鎖骨や、ふっくらした唇のほうがよほどセクシーだと思うぞ」

淡々と言われ、ボッ、と明利の首から上が、のぼせたように熱くなる。

「でもお前、言ったよな？　俺が嫌がることはしないって」

「ああ、確かに言った！」

と、不意に零治が、ガッと距離を詰めてきた。両肩に手がかけられて、明利はビクッとする。

「よし、わかった明利！　とりあえず、キスまでなら嫌じゃなかっただろ？」

「あ？　ああ、そ、そうだけど……」

でも、と恥ずかしそうに俯《うつむ》いた明利を、零治は抱き寄せる。

そしてクイと顎を上げ、唇に唇を触れさせてきた。

「ん……っ！」

ちゅ、ちゅ、と角度を変えて何度か軽く唇を合わせてから、零治はくちづけを深くしてくる。

（なんか。頭の奥が溶けそうだ……）

「んう、う……っ、は、ん」

時折、呼吸をさせてくれるように零治が唇を離すと、甘い吐息が明利から漏れた。

零治の舌は、慣れていない怯える小さな舌を搦《から》めとり、きゅう、ときつく吸い上げてくる。

と、んんっ、とくぐもった声が漏れた。

恥ずかしさと快感で、明利は零治の胸元にしがみつくようにして、しっかりと目を閉じてしまう。

「う……んむ、んっ……」

唇の端から、互いのものが混ざった唾液が零れた。

そうしながら、明利のバスローブの前を、零治は足で割り開くようにしてくる。

（あっ、駄目だ、そこはっ）

固くなった明利のものが、零治の太腿に触れてしまったのがわかる。

「んんっ、ん……は、あっ」

唇が離されても、明利は酔っ払ったように、とろんとなってしまっていた。

零治の舌が首筋を滑り、耳のすぐ傍で優しく囁いてくる。

「これは、嫌か……？」

片方の手で、バスローブの上からそっと固い部分を刺激され、明利は耐えられずに喘《あえ》いだ。

（――ずるいよ、こんなの）

恥ずかしくてたまらないのに、身体は愛撫《あいぶ》を中断されたくなくて震えている。

「い、嫌じゃ、ない……」

「そうか。じゃあ、これは？」

バスローブの内側に手を入れられると、明利の身体が大きく跳ねた。

いやいやをするように、明利は首を左右に振る。

「っ、零治、あ……っ、そんな、とこ」

優しく明利自身を愛撫しながら、零治はその首筋に、鎖骨に、くちづけを落としていく。

「はあっ、あっ、ああっ」

明利は自分でも困惑するくらい敏感に反応し、その身体からはどんどん力が抜けていった。

「明利……大好きだ。ずっと、ずっと、お前だけを想ってた」

零治の言葉に、明利の心が揺れる。

互いの身体をさえぎる、無粋なバスローブを、零治が剝《は》ぎ取った。

もう止められない、と明利は悟る。零治だけではなく、自分もだ。

「零治っ、電気……」

明利は裸体を見られることを恥ずかしがったが、零治は我慢の限界を超えていたらしい。

「あ、ああっ！」

明利ももう快感に抗えず、胸の突起に唇を押し当てられると、甘い喘ぎ声があがる。

「うっ、嘘、俺……っ、男なのに、こんな……っあ、や……っ」

舌先で転がされると、突起が固くしこってしまうのがわかる。

明利は羞恥と快感で、身悶えていた。

零治は優しい目でこちらを見ていたが、その身体はひどく熱くなっている。

「夢みたいだ、明利。こんなふうに、お前を抱けるときが来るなんて」

「う、あ……は、あ、あ」

「触れている皮膚の全部で、お前を味わいつくしたい」

明利のほうも、零治の手の中で今にも弾けそうに、反り返っている。

自分が零治の行為でこんなに昂《たかぶ》り、反応していることは、明利にとって衝撃的だった。

あらかじめ、ベッドヘッドに忍ばせておいたのか、零治はジェルらしきチューブを手にすると、それを指にたっぷり纏《まと》わせる。

「っあ！　ん、待っ……だっ、駄目」

巧みな愛撫に、弛緩していた明利だったが、後ろのほうへジェルで濡れた指を滑り込まされると、無意識に腰が逃げようとする。

「明利。痛かったら、すぐやめるから」

「はあっ、あ……っ、零治」

明利は眉を寄せ、本当だな、と念を押した。

零治はうなずき、ゆっくりと、後ろの窄みに指を潜《もぐ》らせてくる。

「んう……っ、へ、変な、感じ……っ」

「痛くないだろう？」

そのまま、ぬうっと中指を奥まで挿入されると、ひうっ、と明利の喉が鳴った。

「れ……じっ、痛くないけど……こ、わい……っ」

「リラックスして、力を抜いていろ。そうしたら大丈夫だ」

零治は内壁を優しく指の腹で撫で、びくっ、と腰が跳ねた部分を重点的に、何度も何度もこすり上げてくる。

「んんっ、っあ、はあ、あっ」

そうするうちに、明利自身の先端から、透明な雫が零れた。

感じていることを確信したのか、零治はさらに敏感な部分を愛撫した。

「明利。もう大丈夫か？　怖くないな？」

「んっ、怖く、な……いっ」

涙目で言う明利が愛しくて、零治は自分の早く貫きたいという欲望を必死に抑え、丁寧にその部分を解した。

室内に響くジェルの濡れた音。自分の喘ぎ声。

そして、自分を見つめる零治の、熱に潤んだ鋭い瞳。

零治はそっと明利の胎内から、指を抜き取った。

その異様な感覚に、明利の身体が、大きく跳ねる。

「嫌じゃないよな、明利」

何度もそう繰り返し、零治は明利の両足を開いて抱えるようにする。

明利は長い愛撫に、ほとんど陶酔《とうすい》してしまっているような、涙で霞《かす》んだ目で零治を見上げた。

唇の端から唾液を零れさせ、かすれた声で言う。

「――嫌じゃ、ない」

初めて知った、他人に身体を愛撫され続ける快感を、ここで拒むことなどできなかった。

けれど零治の、驚くほど硬く熱くなった自身を、ジェルで濡れた窄みに押しつけられると、さすがに明利は怯《ひる》んだ。

反射的に両手が、ぎゅっとシーツを握る。

「大丈夫だ、明利。優しくする」

言って零治は、ゆっくりと腰を進めた。

「んうっ……あ……」

最初、それはすんなりと挿入されるかに思えたのだが。想定外の大きさに、明利の身体がすくんだ。

「むっ、無理……っひ！」

それでも時間をかけて解したそこは、静かに零治を飲み込んでいく。

「あ、あっ、あっ、あああ！」

ずずっ、と深く身体を刺し貫くと激しい快感がその身に走り、明利の背が大きくしなった。

きつく閉じた瞼から、ぽろぽろと涙が零れる。

「こっ、壊れちゃ……らめ、あっ、や、あんっ」

明利はもう、呂律も回っていない。

そして、熱くぬかるんだ体内と明利の反応に、もう大丈夫だと判断したのか、ぐうっ、と零治は奥まで貫こうと腰を動かしてきた。

「あうっ、あっ、ああっ！」

びくびくっ、と明利の腰が跳ねた。

貫いた衝撃で、明利のものが弾けたのだ。

パタバタと、明利の滑らかな腹部に、白く熱い飛沫《ひまつ》が飛び散る。

きゅうっ、と思い切りきつく体内のものを締めつけると、零治は耐えているような表情になる。

「あ……はあっ、は……あっ」

脱力した明利の腰を、改めて零治は抱えた。そして。

「――っ！」

もう制御が利かないのか、零治が思うさま身体を貪り始めると、明利の喉から声にならない悲鳴が漏れた。

けれどそれは、痛みを伝えているわけではない。その証拠に、明利の先端からは、まだ出し切っていなかったというように白いものが溢れ、それが尽きてからも、硬度は保ったままだった。

「……気持ちいいか、明利」

汗をかいて、火照《ほて》った明利の頬に耳を寄せて、零治が囁く。

うん、と子供のように、明利は素直に返事をした。

「き、もち、い……っ、お、俺、おかしいの、かも……っ」

「おかしくない。俺も気持ちいい」

零治が微笑んだのを見て、潤んだ瞳で、明利は安心してうなずく。

「明利、好きだ……！」

うめくように言って、零治は再び貪欲に、腰を動かした。

「んあっ、あ、うっ……やっ、あああっ」

内壁を抉《えぐ》り、奥を突き上げ、胸の突起を指で刺激される。

明利は快感に震えて涙を流し、顎にまで唾液を滴らせながら身悶えた。

と、無意識に明利の唇から、言葉が漏れる。

「れ……じっ、俺も……俺も好き……っ！」

喘ぎながら言うと、嬉しそうに零治が抱き締めてくる。

明利の中はそれに応じるようにしなやかに、吸いつくようにして零治を取り込むと、とろけるほどの快感を与えられる。

（そうか、俺も好きなんだ。言葉にしてみて、はっきりわかった。だから嫌じゃなかったんだ。だからこんなに……気持ちいいんだ……！）

明利のものは、再び弾けそうなほどに張り詰め、先走りの雫を零し続けていた。

そして、互いの吐息がどんどん速くなり、それが交じり合って頂点に達した瞬間。

ふたりは同時に身体を硬直させ、互いの中に想いを吐き出したのだった。

旅行から昼過ぎに帰宅した後も、相変わらず天地は元気だった。

明利が厨房に立つときは、若い衆に面倒を見てもらっているのだが、座敷からははしゃいだ声が聞こえてくる。

夕飯の下ごしらえを済ませた明利が、なにをしているんだろうと様子をうかがうと、いかつい男たちがぐるりと車座になっている。

そしてその輪の中心に、絵本を持った天地がいた。

「こういうね、うみがすごい、おっきいの。でも、なかのおさかなさんはみえないの。それで、なみがざーってくる」

へええ、と感心したように、組員たちは話に聞き入っている。

「波が来て、濡れちゃったんすか」

若いひとりが言うと、ふるふると天地は首を横に振った。

「あのね、れーじはぬれたの。でも、天地がだっこしたよ。だから、だいじょぶ」

「えっ。組長を、天地くんが抱っこしたんすか」

うん、と天地は得意そうにうなずいた。

「あのね。ぬれちゃうの、だめでしょ。かぜひくから、アーちゃがおこるから、天地がね、れーじをたすけた」

嘘だとわかっているだろうに、ほおお、と組員たちはうなずいてくれている。

「天地。抱っこして助けてもらったのは、お前のほうだろ」

苦笑して明利が言うと、天地はパッとこちらを向いた。

「あっ！　アーちゃ！」

こちらに向かって駆けてきたその身体を、明利はすくい上げるようにして抱っこする。

「だって、れーじ、たすけたらね。そしたら、かっこいいの」

「そうだな。もっと大きくなったら、できるかもしれないな」

背後を見ると、ずらりと並んだ組員たちが、とろけるような笑顔で天地を見守っていた。

（よかった。本当に仲良く、大事にしてもらえて）

明利は天地越しに、組員たちにぺこりと頭を下げた。

組員たちも、こちらに向かってピシッと頭を下げてくる。

ふわふわの頭を撫でながら、明利は天地が、ここに馴染めたことに安堵《あんど》していた。


午後二時を過ぎたころ、昼寝をさせるために天地とベッドに横になった明利の頭の中には、様々な思いが渦巻いていた。

たった一泊二日の旅行だったが、夢のような時間だったと明利は思う。

（いい夢だか、悪夢だか、白昼夢だかわからないけど。なんていうか、現実離れした時間

だった）

　はあ、と明利は天井に向かって、溜め息をつく。

（結局俺が、抱かれる側になっちゃったな。だってあいつ、嫌なことは絶対にしないって言って……実際、嫌って思わなかったというか。思う間もなく気持ちよくなってしまったというか……。すごく優しかったし。う、巧かったから、つい抵抗できなくなってしまった……）

　生まれて初めて味わわされた、身体に電流が走るような甘い刺激。

（零治のこと考えると、ドキドキしてくる。男同士だけど。これってやっぱり、恋愛感情なんだよな？）

　ううん、と明利は額に両手を乗せる。

（かすかにだけど、最中に、好き……とかなんとか言っちゃった覚えがあるんだよなあ）

　うわあ、と明利は恥ずかしさに耐えかねたように、頭を抱えた。

（参ったな。本気だ俺。本当にあいつが……元同級生で現役極道で、同じ男の零治を好きになってる）

　告白されたからなのか。それで意識したせいなのか。あるいは快感に流されて、セックスして同性愛に目覚めたのか。それとも、学生時代に多少なりとも、零治に憧れに近い感情を持っていたことが関係あるのか。

（もしくは、その全部が原因なのかもしれない）

こうして考えている間も、明利の胸はずっとドキドキしている。

(このまま俺が零治の恋人、ってことになるんだとしたら……もっ、もしかして、姐さんってことになるのか？　いや、さすがにそこは兄さんだろう。呼び方はなんにしろ、若い衆に対して俺が率先して、料理とか掃除とかするべきなのかな)

つらつらと思いを巡らせていたそのとき、ううーん、と可愛らしい声がして、明利は我に返った。

「ばなにゃ、いいにおい……」

天地がムニャムニャと寝言をつぶやき、寝返りを打つ。

明利は隣で眠る、天地のむちむちとした手にそっと触れた。

天地は眠ったままだが夢を見ているのか、明利の指をキュッと握ってくる。

(……駄目だ、いい加減にしろ、俺。早く現実に頭を戻さないとな)

明利は目を閉じて、すう、と深呼吸をした。


「よしっ、雑巾がけ終了！」

「ちゅーりょー！」

お昼寝から目覚めた夕方。明利は天地と一緒に長い廊下の、雑巾がけに励んでいる。

とはいえ天地はもっぱら、明利の背中に乗ったり、近くをちょこまかと駆け回っているだけだったが。

「他にどこか、掃除するところありませんか。庭とか玄関とか」

一緒に雑巾がけをしていた若い衆たちは、どうするべきかというように苦笑する。

「いやもう、あとは我々がやりますから」

「そうっすよ、明利さんは休んでいて下さい。天地くんと、遊んでもいいですし」

「いえ。なんだか天地も、大勢といるほうが楽しそうですから」

なっ、と天地に笑いかけると、こくこくと天地はうなずく。

と、明利は近くにいた青年の、赤い開襟《かいきん》シャツのボタンが取れかけていることに気がついた。

「あっ、それ。直しますから貸して下さい。裁縫道具、ありますか」

尋ねると、別の組員が、すぐにお持ちします！　と走っていったのだが、別のモヒカン頭の組員は、困ったような顔をした。

「いや、明利さん。そこまでしていただくのは、申し訳ないので」

とんでもない、と明利は恐縮する。

「天地のトイレまで世話してもらって、洗濯もしてくれたじゃないですか。こちらのほうが、ご迷惑をかけてますから」

いやいや、と組員たちはいっせいに首を左右に振る。

「組長は明利さんと天地くんを、自分と同じと思えとおっしゃいましたから」

「あいつはそう言っても、俺の気が済みません」

明利は苦笑して、戻ってきた組員の手から、裁縫道具を受け取った。

「ありがとうございます、お借りします。じゃあちょっとそれ、脱いで下さい」

「えっ、でも……」

「こっちの部屋、いいですか。すぐつけますから」

廊下に沿った座敷の一室に手招きすると、赤い開襟シャツの青年は、凄まじく恐縮しながら入ってきた。

シャツを受け取って、座卓の前に座った明利は、ゆるゆるになったボタンの糸を切って新しく糸を通し、ささっと手際よく縫いつける。

縮こまって座り、上半身裸で待機している組員の背後には、雑巾がけをしていた他の組員たちがずらっと正座していた。

その前で、天地がコロコロと転がって遊んでいる。

「はい、できました」

ブチッと糸を切ると、パッと天地が立ち上がり、シャツを持ち主のもとへ届けに走った。

「できまいた、どぞ」

「あっ……ありがとうございます！」

青年は、表彰状でももらうように両手で受け取り、慌ててシャツを着た。

ニコニコと見ていた明利と天地だったが、背後にいた年嵩の組員らしき男が、遠慮がちに言う。

「あの。明利さん。こうして我々と一緒に働いてくれるのは、大変ありがたいですし、俺らを色眼鏡で見ない、できた人なんだなと思います。しかし」

「しかし？　えっ、なにか問題あるんですか」

明利が不思議そうに尋ねると、別の組員が続けた。

「ええとですね。うちの組長は一途なお方です。自分と同じに扱えなどという客人は初めてで、俺たちもとまどったくらいで。けど、あの方が本気だっていうのは、表情や態度で痛いほど伝わってきてまして。つまり」

組員は深刻な顔になり、何事だろうかと明利は緊張する。

「組長は、とても独占欲が強いのではないかと推測してまして」

そんなまさか、と明利は拍子抜けして苦笑したが、組員たちは深刻な顔と口調で続ける。

「本当に怖いんです、俺たちは！」

「だって、明利さんに触ったり匂いを嗅いだりしたら、破門だって言うんすよ」

「俺らはこういう、いかつい野郎ばかりなんで、正直明利さんみたいに可愛い人がいると、つい見ちゃうじゃないすか。それも、五分以上見るのは禁止だって」

「……ええと。うーん……」

聞くうちに、明利はなんと答えていいか、わからなくなった。

零治が言っていることもよくわからないが、この男たちが言うこともピンとこない。

「俺を見ると、なにか楽しいんですか」

楽しいっす！　とボタンを付け直してやった青年が言う。

「厨房でエプロンした後ろ姿とか、たまんねえっす。なんかこう、物腰が柔らかくて、優しい感じがして」

バカ野郎！　とドスのきいた声で、年嵩の男が一喝した。

「そんなこと言ってっから、組長が怒るんだろうが。いいか、明利さんは組長の大事な、特別なお人だ。そこをわきまえなきゃなんねえ。……明利さんも、それをわかっておいて下さい」

白髪混じりの、自分よりずっと年上らしき男に言われ、明利は仕方なくうなずいた。

「わかりました。でも、仕事を見つけるまで、ぼんやり過ごすのもなんなので、お手伝いをさせていただければと」

「それなら、組長のお世話をメインにお願いします」

年嵩の男の言葉に、おお、それがいい、と周囲から同意する声があがった。

明利はまだどこか腑に落ちない気もしたのだが、零治が嫉妬してくれる、というのは、なんとなくくすぐったく、嬉しいとも思った。

（そうか、零治は独占欲が強いのか。なんだかまだ実感が湧かないけど。……あの人たちがあんなに怯えるなら、気をつけておこう）

組員たちの訴えを聞き入れた明利は、零治に関する仕事に専念することにした。

すでにピカピカの状態ではあったが、靴を磨き、晩ご飯も自分が作ることにする。

天地は常に傍で手伝ったり、時々は近くにいる組員に構ってもらって、機嫌よく過ごしていた。

やがて夜になり、零治が帰宅する時刻になると、ぞろぞろと組員たちが玄関の外へと集まっていく。

明利も外へ出ようとしたのだが、幹部クラスらしき、長身の男に止められた。

「明利さんは外でなく、こちらでお待ちになって、出迎えてあげて下さい」

「あ。はい」

(いいけど。どうしてだろう)

不思議に思いつつも、明利はだだっ広い玄関の三和土《たたき》の真ん中に、天地と並んで座った。

そして気がつく。

(――これはもしかして、あれか。三つ指ついて、お出迎えってやつなのか?)

とまどう明利だったが、ちょこんと横に座った天地は、にこにこと待ち構えている。

「アーちゃ、おかえりなさい、するでしょ? れーじ、ただいまいえたら、しないと」

「そ、そうだな。しないとな」

明利は天地の頭をわふわふと撫で、苦笑した。

間もなく、おかえりなさい! という野太い声の大合唱が聞こえ、カラリと横開きの扉が開く。

入った瞬間こちらを見て、驚いた顔の零治に向かい、明利は頭を下げた。

「……零治、お疲れ様。えー。あと、おかえりなさいませ」

「まちぇ！」

横で天地も、おでこを床にくっつけている。

顔を上げて零治を見ると、感激したような表情になっていた。

鋭い瞳は和み、頬がほんのり赤くなっている。

そして零治は天地を見、明利を見つめ、ただいま、と感動したように言ったのだった。


「その玉子焼き、俺が作ったんだ。どうかな。もっと甘いほうが好みか？」

夕飯は天地の希望により、零治も明利も大広間で、組員たちと一緒に食べている。

メニューはやはり、組員たちと同じわけにはいかない、という厨房の板長の強い希望があって、零治と明利は割烹料理だ。

その中の高価な伊万里焼《いまりやき》の皿のひとつに、明利の作った玉子焼きがちょこんと乗っていた。

ちょっと焦げてしまったが、天地の大好物でもある。

「そうか、明利が作ってくれたのか！　美味そうだ」

零治はそう言って、箸をつけようとしたのだが。

「……いや、このまま食うのは勿体《もったい》ない。岩瀬！　写真を撮れ！」

「はは、大げさだな、零治……」

冗談だと思った明利だったが、そうではなかった。

岩瀬はすぐにスマホを用意し、まずは玉子焼きを、次いで零治が皿を持った状態で写真を撮っている。

(……喜びすぎだろ、いくらなんでも)

明利が啞然《あぜん》としていると、天地が、んしょ、と立ち上がった。

そして自分の皿を持ち、よちよちと歩いていって、零治の前に差し出した。

「えっ。天地、玉子焼き食べないのか？　好きだろ？」

驚く明利に、天地はこっくりうなずいた。

「すき。でも、れーじ、もっとすきだって。たまごにゃき」

どうやら、天地は玉子焼きを好きだが、もっと玉子焼きを好きであるらしい零治に、自分の分をあげるということらしい。

(なんて優しい子に育ったんだ！)

天地の成長に、明利は感動する。そして、零治は。

「……天地。お前は己を犠牲にして、この俺に好物をくれるのか」

「んー？　うん、あげゆ。天地、まえからね、いっぱい、たべてゆ」

にこっ、と天地が笑うと、零治は箸を置いた。そして。

「見たか、貴様ら！　なんの下心もなく、一点の曇りもない眼《まなこ》で、人に尽くす。これが漢《おとこ》だ！　この潔さ、目に焼きつけておけ！」

零治の凜とした声が座敷に響き、はいっ！　と低い声が唱和する。

天地はきょとんとして、零治の膳を指差し、おたふく豆を見て言う。

「これ、いっこちょーらい」

「岩瀬、鍋ごと持ってこい！」

「はいっ」

明利はほとんど、目が点になっている状況だったが、なんだかおかしくてたまらなくなってきた。

つい、こらえ切れなくなってクスクス笑っていると、零治が不思議そうに言う。

「なにを笑っているんだ、明利」

「だ……だって、天地が漢って」

「男らしい優しさだろうが。俺は感激したぞ」

「確かに優しいけど。……天地、食べるならもっと作るぞ、玉子焼き」

「ホント？　じゃ、たべゆ」

厨房で、てきぱきと新しい玉子焼きを作って戻ってくると、天地は零治の膝の上にいた。

きゃっ、きゃっとはしゃぎ、甘いおたふく豆を頬張っている。

丸くてふっくらした顔には、満面の笑みが浮かんでいた。

零治も、可愛くて仕方がないという様子で、天地をあやしてくれている。

いかにも高級そうな絹のシャツを、天地がおたふく豆でベタベタになった手でつかんでも、気にする様子さえない。

それを見守る組員たちの、いかつくごついどの顔にも、子猫を見るような慈愛の表情が浮かんでいた。

(――なんだか、いいなあ)

明利は自分の胸が、ほっこりと温かくなるのを感じる。

見た目は強面だが、ひとつ屋根の下で和気あいあいと暮らす人々。

天地は楽しそうだし、自分と零治は恋に落ちて、なにもかもうまくいっている。

(いや……違う)

いつまでもこんな生活が、続くはずがない。

明利はそっと零治と組員たち、それに天地から視線をそらした。


どこか奇妙な、それでいて穏やかな日々は、驚くほどに時間がたつのが速かった。

姉は両親と祖父母が眠る墓に納骨を済ませた。

仕事も探しているのだが、住み込み可能や託児所のある職場で、なおかつ明利が働けそうな職場となると皆無に近い。

そもそも、住民票がなくては話にならないので、第一にすべきは住む場所の確保だった。

とりあえず敷金礼金、引っ越し代が貯まるまで、零治を頼って天地を預かってもらい、アルバイトでもなんでもいいから仕事を選ばず働くしかなさそうだ、と明利は考えていた。

（でも引っ越した後だって、天地をひとりでいさせるわけにはいかないんだから。保育所も探さないとな）

ネットで探すだけでなく、ハローワークに通おうと、組員に天地を預けようとしたところ、即座に零治が提案してきた。

『それなら任せろ、明利。うちの系列会社で、事務の仕事をすればいい』

『でも、そこまでお前に頼るのって、申し訳なくて』

恐縮する明利だったが、零治はそれが心外だったらしい。

『なにを言っている。天地のためだろうが。それに俺に気を遣うのはやめろ。むしろそのほうが申し訳ないと気付け』

そうまで言ってくれるなら、と明利は零治の紹介で、輸入菓子の会社の、総務課で働くことになった。

小さな会社だが残業などはなく、同僚は地味なおとなしい人ばかりで、裏にヤクザが絡んでいるとはとても思えない。

明利が出社している間は、組員たちが鉄壁のガードと誠心誠意の育児で、天地を預かってくれていた。

そんな毎日を送るうちに、気がつけば、ダウンジャケットを着ないと寒い季節になっている。

「おはよう、明利」

「……っん、ん……」

この日の朝は、目が覚めると同時に、唇を塞がれた。明利は無意識に、覆いかぶさってきた身体に手を回す。

「は……っん。……零治。今朝、早いんだっけ」

濡れた唇で尋ねると、大きな手が、寝癖のついた髪を撫でた。

「ああ。帰りが遅くなりそうだから、今のうちにお前を補給しに来た」

「補給って。燃料じゃな……っ、あ」

くすくす笑う明利の首筋に、零治の唇が這《は》う。

うわわ、と明利は身を引いた。

旅行のあの日以来、零治は時間を見つけては、明利の身体を求めてくる。

明利も零治に対して、気持ちの上では惹かれていると自覚はある。

しかし身体だけでなく精神的にも、大切なものとして扱われ、愛されることに慣れていないので、何度抱かれてもそのたびにうろたえてしまう。

「まだ恥ずかしいのか、明利」

「こんなの、ずっと恥ずかしいに決まって……待てってば」

零治は当たり前のように、明利のパジャマのボタンを、器用に外していく。

「もう少し、寝かせてくれ」

「寝ていていいぞ。寝ぼけた明利も、色っぽくていい」

「それに、天地が」

天地は明利が抱っこして、一緒に寝ていることもあるのだが、先に眠ってしまったときには、もう一台のベッドを使っている。

別のベッドとはいえ、同じ室内で行為に及ぶのは、明利にはまだ抵抗があった。

「大丈夫だ。よく寝ている」

零治は言って、明利の胸にキスを落としていく。

「今は、寝てても、いつ起きるかと思うと、落ち着かな……っ、あん！」

鼻から抜けるような、甘い声が出てしまい、明利は慌てた。

「れっ、零治、駄目だ、声……出ちゃ、っん」

「声は我慢してくれ。俺も聞きたいのを、我慢する」

そんな、と抗議しようとした明利だったが、零治の手が自身に触れてくると、もうどうにもならなかった。

身体から力が抜け、快楽を求めてしまう。

「ん……んん……っ！」

そこで明利は、必死に右手の甲を噛み、左手はシーツをつかんで、声を殺す。

いい子だ、と零治は囁いて、いつも使っているジェルをたっぷり手に取り、熱を持った明利の足の間に塗りつけていく。

じゅっ、くちゅ、という濡れた音は、決して大きくないのだが、それでも明利は気になった。

(別に、悪いことをしてるわけじゃない。でも、天地に見られたら俺は、恥ずかしさでどうにかなる)

そんなことを考える頭とは裏腹に、ビクッ、ビクッ、と身体は快感に素直に応じた。

背が反り、自身もすでに反り返っているのがわかる。

零治は丁寧にそこを愛撫し、愛液が充分に滴ってから、ジェルと一緒に指に纏うようにして、明利の秘部に触れてきた。

「――っ!」

もう何度も触れられ、快感を教え込まれた場所だ。

かつては、自分がそこで感じるなど想像もしたことがなかったのに、今ではすぐに疼《うず》いてしまう。

「……こんなに、熱い。欲しがって、ひくひくしてる」

指を差し入れながら、零治が耳元で囁いて、カアッと明利は顔が熱を持つのを感じた。

(だって、零治のせいじゃないか。前は、そんなことなかったのに)

そう言いたかったが、今噛んでいる手の甲を唇から離すと、とんでもない声が出てしまいそうだ。

明利はせつなげに眉を寄せ、違うというように首を振った。

「……可愛い」

溜め息とともに、零治はつぶやく。

「わかってる。俺がお前の身体を、こうしたんだ。感じてくれて、俺は嬉しい」

(いや、俺は全然可愛くないし、なんて恥ずかしいことを言うんだお前は)

そう思いつつも、なんて甘くていい声なんだろう、と明利は半ばうっとりして、零治の声に聞き惚れてしまう。

それを耳にするだけで、ぞくぞくと身体が震えてしまうほどだ。

「ん……っ」

零治が耳朶を、唇で挟むようにして言う。

「いいか、明利」

きつく目を閉じて、うん、と明利はうなずいた。

そしてこれから、零治のものを受け入れる心の準備をする。

熱く固い先端が、ぐっと押しつけられた、次の瞬間。

「――――っ‼」

声を出せない明利の、きつく閉じた瞼から、ぽろぽろと涙が零れる。

挿入されながら達してしまうほどの快感に、明利は背を反らせ、震えながら耐えた。

「好きだ、明利……っ！」

零治も大きな声は出さない。

吐息のように、明利の名前を何度も呼んだ。

そうしながら、ビクンビクンと跳ねる明利の中を、丁寧に、優しく抉る。

（な……に、これ。気持ち、い……。お、おかしく、なる……っ）

明利の目の前が、何度か光るように真っ白になった。

全身から力が抜け、唇を押さえていた手がずるりと滑り落ちたそのとき、零治が深くくちづけてくる。

「んむ、ん……う」

混ざり合う唾液と汗。

しなやかな筋肉を纏った身体に、明利は手を回し、爪を立てた。

（零治。……俺もお前のこと、好きだ……）

一度達したはずの自身が、またも頭をもたげるのを明利は感じる。

そして体内の、零治のものが、ぐぐっと硬度を増したことも。

しかし、そこまでだった。

明利の目の前がふいに暗くなり、あまりの快感に、わけがわからなくなってしまったのだった。

（えっと。あれ？　さっき起きたよな、俺）

ほんの数分だが、明利は意識を失っていたらしい。

薄く目を開くと、零治が心配そうにこちらを見ていた。

「……何時？」

尋ねると、ホッとしたように零治は言う。

「午前六時五十分だ。よかった、もう少しで救急車を呼ぶところだった」

とんでもない、と明利は慌ててしまった。

「お、おい、大げさだよ。どこもなんともないから」

「本当か？　痛いところはないか？」

のそのそと起き上がりながら、明利は自分の身体を検分した。

「ああ。腰が重いし、だるいけど」

原因がわかりすぎているので、ひどく照れ臭い。

「悪かった。歯止めが利かなくなって」

零治は横から明利の背を支え、起きるのを手伝ってくれる。

「天地は？」

ハッとして隣を見ると、小さな口をぽかんと開けて、天地はくうくう眠っていた。

「昨日たっぷり遊んだせいか、ずっと目を覚ましていない。安心しろ」

「なら、よかったけど。やっぱり俺、天地の傍でこういうのはなんか、その、恥ずかしい」

「嫌だったか？」

そう言われると、困ってしまう。

実際、明利も途中からは、零治に与えられる快感に流されて、欲しいと思ってしまったからだ。

「……嫌じゃ、なかったけど。もし天地に見られたら、って思うと……。でも毎回、岩瀬さんたちに預かってもらうのも、これからやりますって感じで恥ずかしいな」

正直に答えつつも、なんとなく後ろめたさを覚えて上目遣いに見つめて言うと、零治は明利をぎゅっと抱き締めた。

「そうか。しかし俺としては、お前が気持ちを受け入れてくれ、なおかつ同じ屋根の下にいながら、手を出さないというのは拷問みたいなものだ。対策を考えよう」

「対策って？」

そうだな、と零治は唇に人差し指を当て、考え込む。

「ともかく、天地を寂しがらせたり、負担をかける方法は駄目だ。ということは、速やかに明利が寝床を移動し、俺との想いを交わした後に、再び戻るのが理想だろう」

「まあ、俺がそっと違う部屋に行くのがベストだろうな」

「しかし、明利が熟睡中に俺が帰宅したり、早朝にその気になってしまった場合、起こして歩かせるのは可哀想だ。俺が抱きかかえるから、もし目が覚めても抵抗しないようにしてくれ」

「ええと、それって」

明利は腕組みをして、首をひねった。

「つまり俺が、お姫様抱っこされて移動するのか？」

「ああ。そうだ明利、汗もかいたし、風呂に行きたいだろう。今ちょっと、練習をしてみよう」

えっ？　と明利が問い返す間もなく、零治は明利をシーツでくるむようにして、ひょいと抱え上げた。

「わっ、うわ、なに」

「シッ！　天地を起こさないよう、明利も細心の注意を払え。これは予行演習だが、本番と変わらない心境で挑むぞ」

それならば仕方ない、と明利は口をつぐみ、おとなしく抱っこされて、部屋の外に出た。

ドアの外に立っていた、ボディガードの岩瀬と平田と目が合って、明利は焦ってしまう。

「あのっ、えーと、おっ、おはようございます」

「おはようございます！」

ピシッと背筋を伸ばして言ったふたりは、この有様を見ても表情をまったく変えない。

「組長。お部屋をすぐにご用意いたしますか。それとも、組長の寝室でよろしいのでしょうか」

「用意の必要はない。これは予行演習だ。風呂場へ行く」

厳《おごそ》かに零治が言うと、はいっ、とふたりは返事をし、後についてくる。

（おいおい、なんかあっちからもこっちからも、視線を感じるぞ）

「あっ、組長、明利さん、おはようございます！」

「おっ……おはよう、ございます……」

早朝から庭掃除をしていた組員や、厨房から移動してくる組員たちと廊下ですれ違うたびに、明利は赤面してしまう。

周囲の男たちは、いずれも強面のヤクザ。空はすっきりと晴れ渡り、日本庭園ではチュンチュンと雀が鳴いている。

その中で、先月までごく普通のサラリーマンだった自分が、半裸でシーツにくるまれて、お姫様抱っこで運ばれるという、ハリウッドの白黒映画の女優のような状態なのだ。

なぜだかわからないが、表情は引き締めつつも、こちらを見て顔を赤くしている組員たちもいる。

あまりのシュールな光景に、照れ臭いのを通り越して幻覚でも見ているのか、と明利は思ってしまった。

（まさか薬でも使われて。……いやいや、幻覚にしては厨房のほうから味噌汁の匂いが漂ってくるなんて、リアルすぎる。それにしても零治、力あるなあ。やっぱり俺とは、鍛え方が違うのかな）

明利は痩せ気味で、身長は零治より十センチほど低いが、それでも男性の平均くらいはある。

けれど零治は、まるで子供でも抱っこしているかのように、顔色ひとつ変えずに明利を抱えてすたすたと速足で歩き風呂場に到着する。

「よし！　問題ないな。こうしてスムーズな流れで移動して、万が一、天地の目が覚めたと見張りから報告が入ったら、トイレに行っていたということにしてすぐに戻ればいい」

わかった、と明利はうなずいた。

多少恥ずかしくても、天地の傍でことに及ぶよりは、ずっと抵抗感がない。

納得した様子の明利に、零治は白い歯を見せた。

「天地も明利も困らず、俺も欲求を満たせる。ひとつひとつ工夫しながら、愛を育もう」

素面《しらふ》では言えないようなセリフを、零治は当然のように口にする。

そしてそれを、悔しいくらいに男前の顔が言うものだから、ものすごくサマになってしまう。

思わず明利は、引き込まれるようにしてうなずいてから、その言葉の甘さに顔を赤くしたのだった。

天地はすっかり零治にも、組員たちにも懐き、常に誰かに構ってもらっている。

夜はさすがに寂しくなるのか、明利にべったり甘えてくるが、日中たっぷり遊んでもらっているため、すやすやとよく眠るようになった。

明利は総務の仕事を真面目にこなし、帰宅すると厨房や掃除を手伝い、天地の笑顔を見て安堵しつつ、零治との甘いひとときには胸を熱くする。

そうするうちに師走《しわす》を迎え、天地も明利も、美鶴木一家にすっかり馴染んでいた。

十二月はヤクザも、なにかと忙しいらしい。

ことが起きたのは、そんなある日のことだった。


零治は組がバックについている中小企業や商工会の集会や会合があちこちであるらしく、この日から地方に三泊する予定になっている。

零治は周囲に、明利と天地の保護と安全を厳命し、一分でも離れていたくない、と何度も嘆いてから出かけていった。

いつもは、きりりとした零治の、大げさに悲しむ顔を思い出し、明利はくすりと笑ってしまう。

そして自分も会社へ向かう支度をし、庭にいる組員たちと天地を、廊下のガラス戸越しに見守っていたのだが。

「あれ。……気のせいかな」

どうも天地のほっぺたが、赤すぎる気がした。

と、ボール遊びをしていた組員も、天地の額に手を当てている。

(やっぱり、どうも様子がおかしい)

明利はすぐに駆けていって、天地を抱き上げた。

「天地。お前、どっか痛くないか。頭、熱いだろ」

「へーき。でも、ちょっと、さむい」

天地の後ろで、スーツを着た幹部のひとりらしき組員が、深刻な顔で言う。

「明利さん。天地くん、明らかにお熱があります！」

「ですよね」

明利はパッと自分の上着を脱ぎ、それで天地をくるんで抱き上げる。

「勤務先に遅刻の連絡を入れて、すぐに医者に連れて行きたいんですが。このあたりだとどこが近いですか。内科……じゃない、小児科」

「お任せください、明利さん。仕事の欠勤、万が一難しいようでしたら、こちらで代役を向かわせますから」

焦る明利に、幹部は冷静に言った。そして他の組員に、きびきびと命じる。

「てめえら、組長の指示は頭に叩き込んであるだろうな？　フォーメーション3だ！」

はいっ！　と組員たちは叫ぶと、呆気《あっけ》に取られている明利とその腕の中の天地を誘導し、車へと乗せた。

そしてあっという間に、小児科へと送ってくれたのだった。

幸いなことに、天地は軽い風邪だった。

その状態で、はしゃいで駆け回って興奮気味だったため、熱が出てしまったようだ。

診察してもらったときには、すでに熱も平熱に近く、処方された薬を飲めば問題ないらしい。

（いや。問題が、まったくないってことはない）

小児科クリニックから帰宅してから、明利は改めて焦り出していた。

額に冷却シートを貼り、体調が悪いせいかいつもより甘えてくる天地を膝に抱いてベッドに座り、明利は考え込む。

姉の保険証はまだ有効だったが、本来ならば明利の扶養にし、住民票を移さなくてはならない。

（早く引っ越し先を決めて、全部きちんとしてやらないと）

すうすうと、寝息を立て始めた天地のまだ赤い頬を、明利はそっと撫でてやる。

大きな屋敷に居候《いそうろう》させてもらい、食事も出してもらえるし、天地の面倒も見てもらえる。

それでも自立を急いでいるのは、別に今の生活が嫌だからではない。

（本当に、零治にも組員さんたちにも、感謝はしてるんだ。……だけど）

現状はとても楽しく、安定しているように思えても、絶対にこのままではいけないし、この屋敷に住民票は移せない、という強い思いを、明利はじわじわと感じるようになっていた。

（姉さんがいなくなって。俺も辛くて。だけど、それより天地をなんとか守ろうとしていたら、サッと零治が手を差し伸べてくれた。ついそれに甘えて、好きだなんて言われて舞い上がって、気がつけば俺も、零治を好きになっていた。だからつい現実から、目を背《そむ》けてしまっていたけど）

じわり、と思いがけず明利の目に、涙が浮かぶ。

零治はじわじわと、明利の心に侵食してきた。

もともと学生時代から、好意は持っていたのだが、さらに迫力と威厳を備えて男前になった零治と再会し、驚くほど優しく親切にされた後、告白されて意識した。

最初に風呂場で触れられたあのとき、すでに自分は恋愛感情を持っていたのではないか、と明利は振り返る。

頼れる。守ってもらえる。甘えることができる。

それは親のいない明利に、かつてない安心感を与えていたし、逆に自分も零治に対して、なにかしたいという思いを持つようになっていた。

傍にいるだけで、空気が違う。理由のわからない嬉しさで胸が弾む。

生活に追われ、恋どころではなかった明利にとって、零治は生まれて初めて現れた、他の誰とも違う特別な存在だった。

そんな明利はもとより、天地も零治によく懐いている。

明利は天地の寝顔を見守りながら、なおも頭を悩ませていた。

(俺はいい。零治とは気持ちが繋がってれば、恋人だろうと、愛人だろうと、名称はなんだって気にしない。俺を好きになってくれただけで充分だ。だけど結局、あいつの家族にはなってやれない)

当初は零治との恋に、ふわふわと舞い上がるような心持ちでいたのだが。

今は考えるほどに、明利の心は沈むようになっていた。

(あいつは多分、俺よりも家族に縁のない、ひとりぼっちの子供時代を過ごしてきたんだ。この先、どんなに好きになったとしても、俺はあいつに家庭は与えてやれない。それに)

明利はやるせない思いで、溜め息をついた。

(天地を……いつまでもこの家に置いておくわけにはいかない……)

天地を可愛がってくれ、一緒に食事をしていて嬉しそうにしている零治や組員たちには、言えないでいることがある。

それは天地を、極道の家の子にはできない、という明利の思いだ。

(本当はいつか、俺が結婚して、天地にお母さんを……家族を作ってやりたかった。だけど、ごめんな天地。それは無理かもしれない)

零治への愛と同時に、天地に対する愛おしさと責任感、使命感で、明利は板挟みになっていた。

（俺よりむしろ、零治のほうがわかってるはずだ。ヤクザの家の子として育つことが、どういうことか）

美鶴木家に居続けることの不安と迷いは、明利の中でますます大きくなっていった。

幸い天地は翌日には、すっかり元気を取り戻していた。

大事をとってもう一日、明利は会社を休ませてもらっている。

天地はまだ少しだけ鼻水が出るが、もう熱もないし食欲もあった。

昼食をぺろりとたいらげた後、どうしてもアイスクリームを買いに行く、と言って聞かないので、明利は一番近くのスーパーマーケットまで、連れて行くことにする。

「寒くないか、天地。風邪気味なんだから、買ったらすぐに帰るぞ」

しっかりと手を繋ぎ、もこもこに厚着をさせて歩く天地は、初めて来たスーパーマーケットが、楽しくて仕方ないらしい。

「アーちゃ、あっち、あっち」

「あっちにアイスクリームは売ってないぞ」

天地が明利を引っ張っていったのは、魚介類のコーナーだ。

まだ生きている海老や、水槽があるため、それに惹かれたようだ。

「これなに。うごいてゆ。うみに、いなかった」

「なんの魚だろうな。俺もあまり詳しくないんだよ」

「天地、しゃーもすき。これ、しゃーも?」

サーモンは、母親と行った回転ずしのネタで覚えているようだ。

「いや、サーモンはこんな小さくないから、絶対に違うってことだけは保証する」

「じゃ、まぐよ?」

「マグロも、こんなに小さくないことだけは保証する」

「じゃあ、かっぱ?」

天地の問いに、あっはっは、と笑ったのは、鮮魚コーナーの担当らしき、ゴム手袋とエプロンをつけた、壮年の女性だった。

「河童《かっぱ》は捕まえられないよ。これはカワハギ。煮つけにすると美味しいよ」

あっ、と明利は恐縮する。

「今日は魚を買いに来たわけじゃないんです。すみません、水族館代わりにしちゃって」

いいのよぉ、と女性は快活に笑った。

「お魚見るの、面白いもんねえ」

「天地ね、おさかなすき。あのね、うみにいったし、えほんもね、もってゆの」

「そうなのお。可愛い子だね、何歳?」

「あのね。えっとね。これだけ」

姉に教えられていたのか、天地は指を三本立てる。

「三歳。おりこうさんだね。今日はパパとお買い物なの?」

は慌てる。

「パパ、ちがう。アーちゃ」

天地は首を左右に振って、明利を指差した。誘拐などと勘違いされては大変だと、明利
「パパではないですけど、姉の子なんです」

こちらが焦っているのがわかったのか、女性はなおも笑った。

「ああ、そうなの。顔がそっくりだから、お父さんだと思ったけど、じゃあ叔父さん似なのね。初めて見るけど、ご近所なの？」

「あっ、はい」

おしゃべり好きなのか、子供が好きなのか、女性は腰をかがめてまじまじと天地を見た。

「まあまあ、なんて可愛いんだろ。ふわふわの頭して、くりくりのお目々して、あったかそうなお洋服着て。……このあたりだと、うさまる幼稚園か、小森《こもり》保育園なのかな」

「いえ。あの、実は引っ越してきたばかりなんです。だからまだ、住民票の移動とか、手続きとかしてなくて」

「あら、そうなの？」

初めて女性の顔から、笑みが消えた。

「早くちゃんとしてあげないと。まあ、幼稚園は四歳からの子も多いから、そんなに急がなくてもいいけどさ。ええとね、保育園だったら、さっきも言った小森さんが評判いいよ。幼稚園は、うさまるが新しいの。昔からあるのは、サツキ幼稚園。ただ、ちょっと遠いの

よね」

話を聞きながら、ずっと明利の胸はざわついていた。

女性のおしゃべりはお節介ではあったが、別に嫌な口調で説教されたわけではなかった。

それでも、自分は保護者としてきちんとやれているのか、と指摘されているように感じ、明利は天地の小さな手を握りながら、心苦しさを感じていた。

(住民票を取らないと、保育園だって決められない。……気が咎めるけど、零治に早く言わないと……)

明利はそんな内心を隠したまま帰宅し、天地は待望のアイスクリームを、いつも食事をする広間で美味しそうに食べている。

天地の帰宅を待っていたかのように、組員たちは迎えてくれてその様子をニコニコと見守っていた。

隣に座った明利には、なにも言わなくとも若い衆のひとりが、サッとお茶を出してくれる。

ありがとう、と礼を言いつつ、明利の心中は複雑だった。

(俺にとっては、感じがよくて親切で好感を持てる人たちだ。でも、端から見たらやっぱりヤクザなんだよな)

明利としては、人の生まれや職業など、本気でどうでもいい。

職業に貴賤《きせん》がない云々以前に、相性というものがあると思っている。

聖人でも仲良くなれない人もいれば、別の人間にとっては嫌な相手でも、自分とは気が合う人もいるかもしれない。

そういう感覚なので、中学時代に零治が極道一家の跡取りなのだと知っても、ふーん、としか思わなかった。

個人的には今でもそう思っているし、それでいいと考えているのだが。

(だけど、世間は違う。天地がこの屋敷で育って、ここから保育園に通ったらどう思われるか)

それが正しいか間違っているか、という以前に、社会はそういうものだ、とあきらめている程度には明利は大人になっていた。

(零治だって、誰よりそれをわかってくれるはずだ。……俺の記憶だと零治の子供時代より、今のほうがヤクザへの風当たりは強くなってるんじゃないか。……今の天地は、ここがどういう家かもちろんわかってない。ここでの生活が、天地にどういう影響があるのか。学校を卒業したずっと先のことまで、俺が考えてやらなきゃいけないんだ。親代わりって、そういうことだよな……)

明利は唇を噛み、自分たちを見守ってくれている組員から、目をそらす。

(ごめんなさい。だけど俺は、天地を守りたい)

淹れてもらったお茶を飲み、明利は深い溜め息をついた。

◆◆◆

天地が風邪を引いたらしい、という報告を受けて慌てたのが、先週のことだ。

それ以来、明利が上の空になっていることが多いようだと、零治は感じている。

昨日は、零治が天地も一緒の正月旅行の計画を立てていたのだが、喜んでくれるとばかり思っていた明利は、どこかぼんやりしていた。

それにクリスマスには、天地にケーキやツリーを購入しようと提案しても、まだ待ってくれなどと言う。

ベッドをともにしても、なんだか悲しそうな顔をしていることもあり、体調が悪いのではないかと、不安になることもある。

今朝などは、食卓を囲んだ目の前で、明利が皿の上の料理でなく、箸置きを箸でつまんで口に持っていこうとするのを見て、慌てて止めた。

(天地の風邪は、もうすっかり治ったようだし、組員連中と楽しくやっているように見えるが。……誰か、不快感を与える不届きものでもいたのか？　だとしたら、指の一本や二本では許さない)

そんなことを考えつつ帰宅して自室に入った零治に、背後から部屋着のゆったりしたシャツを着せ掛けていたボディガードの岩瀬が、難しい顔をして言った。

「あのう。組長。僭越《せんえつ》ながら、お耳に入れたいことがあるんですが」

この男は、滅多に組員の不祥事や問題を、零治に話したりしない。

自分のところに話を持ってくる前に、すべて解決してから報告するだけだ。

珍しいこともあるものだ、と思いながら、零治は促した。

「なんだ。言ってみろ」

大きな姿見越しに鋭い目で見つめても、岩瀬はたじろがずに口を開く。

「はい。では、お話しさせていただきます。……明利さんのことなんですが」

「明利がどうかしたのか！」

零治は、バッと振り向いた。

「仕事先で、なにか問題でもあったのか。それとも、体調を崩しているんじゃないだろうな」

「そ、そうではないのですが。ただ、帰宅が遅い日が時々あるのですが、若い衆がたまたま町でお見かけしたところ、不動産屋を回っているようで」

「不動産屋？」

きつく眉を寄せると、岩瀬の大きな身体がビクッとした。

「なぜだ。理由は聞いているか？」

「私としても、理由はわかりません。ただ……以前のお部屋はすでに、引き払ったのは確認が取れていますので、転居先を探しているのではないかと」

「転居……そうか……」

零治はその場に突っ立って、しばらくシャツのボタンを留《と》めるのも忘れて、ぼんやりしてしまった。

ここから出て行く。つまり、明利は自分のもとから去っていくつもりなのかもしれない。いずれ引っ越す可能性はもちろん考えていたのだが、そのときには自分に相談してくれるだろうと思っていたし、いくらでもいい物件を手配するつもりでいた。

だが明利は、自分だけで解決するつもりでいたらしい。

やはりすべて頼ってもらうというのは無理なのだろうか、と明利が全身で甘えてくれないことに、零治は一抹の寂しさを感じていた。


その夜、天地が眠るのを待って、零治は明利と話し合ってみることにした。

今後について、具体的な展望があるなら聞かせて欲しい。

約束の時間に、零治の部屋にやってきた明利は、なにか察したのか固い表情をしていた。

零治の部屋は、明利たちの部屋と同様、洋室に改造してある。

仕事上、デスクトップパソコンを使うことも多く、椅子にテーブルのほうが落ち着くからだ。

ただし、もとは座敷だったため、庭に続く板敷きの縁側に面した部分は、障子になっている。

アンティークのどっしりとした木製の三点セットのソファに明利を座らせ、その正面に腰を下ろす。

自分の前に、岩瀬がウイスキーのロックを置き、明利の前には、湯呑《ゆの》みに入った緑茶を出して、部屋を退室していった。

「なんだか天地は、少し背が伸びた気がするな。毎日、よく食べてよく遊ぶし」

あえて明るく言った零治だったが、明利は浮かない顔をしていた。

「そうかな。よくわからない。やっと寝たところで、俺も眠いんだ。……こんな時間に改まって話なんて、どうしたんだ？」

「いや。明利がこれからの生活について、どうしようと考えているのか、はっきり聞いておこうと思ってな」

するると明利の表情が、ハッとしたように強張る。

(やはりそうか。近いうちにここを出て行くつもりだったんだな、明利)

想定していたこととはいえ、喪失感で零治の胸は重くなる。

もちろん零治は、これまで数々の修羅場をくぐってきていた。

命を狙われたこともあるし、法的にぎりぎりのところを歩いてきた。警察とも神経戦を繰り広げたこともある。

そんな日々の中、傲慢《ごうまん》ともいえるほど冷静に対処してきた零治だったのだが、明利の些《さ》細《さい》な表情の変化には、ビクッと心が震えてしまう。

すう、と呼吸を整えて、零治はつとめて落ち着いた口調で言った。

「明利。俺ができることなら、なんでも言ってくれ。引っ越しを考えているなら、こちらで物件を用意する。金がないなら出す。俺の気持ちはもう、嫌ってほどわかってるだろうが。遠慮して欲しくないんだ」

零治の言葉に、なぜかますます明利の表情は曇っていった。

（ど、どうしてだ。俺はなにか、まずいことを言ったか？）

端から見たらいつもどおり、自信満々にグラスを傾けている零治だった。しかし内心、焦りながら尋ねると、明利は小さく溜め息をつく。

それから、なんともいえない複雑な表情で、無理やりというように声を発した。

「俺は、お前のことが好きだよ、零治」

通常であるならば、嬉しさに踊り出しそうな言葉なのだが、明利の表情はどこか痛々しい。

そのため零治は、神妙にうなずいて、次の言葉を待った。

明利はしばらく視線を下に向けていたが、ゆっくりとこちらを見る。

「それでも、ずっとお前に頼っているわけにはいかない」

「どうして。俺は頼って欲しいし、甘えてもらいたい。お前だけじゃなく、天地にも」

「天地は！」

明利はふいに声を大きくし、それから口をつぐんだ。

やがて言いにくそうに、ぽつりとつぶやく。

「……天地を極道の家の子にするわけにはいかない。ごめん、零治」

胸に突き刺さる言葉だが、当然のことだった。

零治の脳裏にはその瞬間、自分が幼かったときの暗い記憶が、一気に蘇る。

おもちゃやゲームで遊びたかった時期に、やりたくない格闘技や、護身術ばかり教えられていたこと。

珍しく公園で遊ぶことを許可された日、近所の子供に話しかけたら、逃げ出されたこと。

その親が顔を強張らせ、うちの子に近寄らないでと言ってきたこと。

小学校の教師ですら、零治に対しては腫れ物に触れるようだった。

忘れ物をしても、宿題をしなくても、自分だけは叱られなかった。

なんであいつだけ、という目を向けつつ、級友たちもなにも言ってはこなかった。

いつも孤独だった。寂しいと口にすることさえ、零治には許されていなかった。

ただ、望んでいない美鶴木一家の跡目、というものだけが、常に背中に重くのしかかっていた。

中学に入り、明利に出会うその時まで。

だから天地をヤクザの家に入れたくないと言われてしまうと、それを拒絶することはできない。

零治は安心させるように、明利に笑って見せる。

「気にしないでくれ、明利。謝ることはない」

「こんなに、よくしてくれたのに。天地を可愛がってくれるのに。俺はひどいことを言ってると思うけど、やっぱり、天地の先々のことを考えると。ごめん、……ごめんな」

何度も謝り続ける明利に、見ている零治の胸が痛くなってくる。

「本当に、もう謝らないでくれ。俺が先に言うべきだった」

もちろん零治も、このままでいいとは思っていない。

ただ、希望的観測からもうしばらくは大丈夫だろう、と考えていた。

そしてその「しばらく」は、零治の中では具体的に想定してあった。

「……だが、そんなに急ぐ必要はないんじゃないか。来年の四月から、天地を幼稚園に行かせるというのはどうだ。そうしたら、転居は年が明けてからでもいいだろう。ここと住所を分ければ、天地は極道の子などとは言われない」

「そこまでこっちの都合がいいように、お前に甘えるわけにはいかない。食費だって、返す分が溜まっていくし」

「そんなものは、返す必要はない」

零治の声はかすれた、通常とは比べ物にならないくらい、小さなものだった。

「天地を極道の家の子にしたくない、というのは、俺も充分わかる。というか、俺ほどわかる人間もいないだろう。だが、お前が俺に頼ることの、なにがいけない？」

尋ねるとしばしの沈黙の後、明利は消え入りそうな声で言う。

「お前が女に興味がなくたって、男でも……これからは同性婚だってできるようになっていくだろうし、養子縁組もできるじゃないか。でも、俺はできない。だからもっと他にいくらでもいい人が……」

「おい、なにを言ってるんだ明利」

急になぜそんなことを言い出したのか、零治には見当もつかない。

「お前は知らないだろうが、俺は中学のころからずっとお前一筋だ。もちろん、再会するまでに付き合ったやつはいたが、今思えばどいつもこいつも、お前の身代わりだった。あいつらには悪いと思うが、事実だから仕方ない」

テーブルの上の明利の左手に、零治は自分の右手を重ねる。

明利はなにかに耐えるような表情をして、こちらを見た。

「駄目なものは駄目だ！」

明利は、パッと零治の手から、自分の手を離した。

顔を上げ、じっとこちらを見つめる明利の目は真っ赤だった。

昔から変わらない、自分を見つめる、真っすぐな嘘をつけない明利の瞳。

零治はせつなさに胸を締めつけられるように感じつつ、真意を問う。

「どうして。……明利。頼む、正直に理由を言ってくれ」

だって、と明利は唇を震わせる。

「俺はお前に、家族を持って欲しい」

「――え？」

思ってもみなかった言葉に、零治は驚く。

「なにを言ってるんだ、明利」

「……お前に……気持ちが傾いていくほど、そう思うようになった。俺がお前に、なにができるのか」

明利は言って、首を振る。

「でも、なにもしてやれない。天地の戸籍を、美鶴木家に入れるわけにはいかないんだから。引っ越したらたまに会って、デートするくらいだ。そこから先には、何年、何十年たってもなにもない。俺には天地がいるからいいけど……お前を大事に想うようになったからこそ、俺は考えたんだ。家族を持てる相手がいいって。……昔、お前言ってただろ。家族が欲しい。そんなふうに安心して寄りそえる存在がいたら、どれだけ明日が来るのが嫌じゃなくなるだろう、って」

「明利。そんなことを覚えていてくれたのか……」

驚くと同時に感動して、零治の目は潤みそうになった。

辛そうに明利は続ける。

「そんなこと、なんて簡単に言える話じゃないだろ。明日が来るのが嫌じゃない、って……。俺はあれを聞いたとき、胸が痛くなった。だからお前のその可能性を、潰したりしたくない」

必死に言う明利の言葉が嬉しい半面、違う、とも零治は感じた。

「ありがとう、明利。だが俺はおそらく、お前以外の人間に、愛情を持てるとは思えない」

「……え？　いや、いくらなんでもそれはないだろう。お前、モテそうだし」

「そういう問題じゃない」

零治は苦笑した。

「いいか。この組を背負って、ガキのころから世の中から弾き出されていた俺に、世の中の常識的な幸せなんか通用しないんだ。お前だけが特別で、他のやつとは根本的に違う。俺がそう感じる、それだけがすべてだ。……心配があるとしたら、明利が他の女に言い寄られて浮気をしないか、それくらいだ」

つとめて明るく言った零治だったが、それでもまだ明利の表情は曇ったままだ。

おそらく思った以上にずっと、思いつめて悩んでいたのかもしれない。

明利は力なく、視線を自分の膝に落とす。

「浮気なんか、考えられるか。男と関係を持って、恋愛感情を持つっていうのは……それも、抱かれる側になるっていうのは、それなりの覚悟がいるんだぞ。よっぽどお前が好きじゃなきゃ無理だ。だけど……俺が相手じゃ、お前に家庭は作ってやれない」

顔を上げた明利の目は、赤く潤んでいる。

「お前をもっと好きになっていったら、ますます離れ難くなるかもしれない。だからその前に、少しでも早くここを出なきゃって。そのほうが、天地のためにも……！」

明利が切羽詰まった声で言っていた、そのとき。

「イヤあ！」

ガラッ！　と縁側に面した障子が開いた。

「ヤダッ、いやっ、ここがいい！」

叫びながらパタパタと、天地が駆け込んでくる。

その背後には天地を追ってきたらしい、心配そうな顔をした岩瀬と、警護の男たちの姿があった。

「申し訳ありません。天地くんがトイレに起きて、明利さんを探して泣くので、こちらに連れて来てしまって」

天地は涙を振りまきながら走ってくると、ひし、と明利の膝にすがりつく。

「ここがいいの！　天地、アーちゃ、と、れーじと、ここにいゆ！」

「天地……」

明利はびっくりして目を見開いていたが、すぐに申し訳なさそうな表情になる。

「ごめんな。俺がしっかりしないから、零治に助けてもらって。せっかくここで落ち着いてたのに、また引っ越しなんて嫌だよな」

「ちがう！　ちがうの！」

天地はイヤイヤをするように、明利の膝におでこを押しつけて首を振った。

「みんなと、いゆの！　みんながいいの！」

天地の言うみんなには、明利と零治だけでなく、組員たちも含まれているらしかった。

そちらを見ると、岩瀬たちの目にも、じんわりと涙が浮かんでいるのがわかる。

「……いい人たちだよな。遊んでもらって、楽しかったよな。俺も、本当に感謝してるんだ」

明利は岩瀬たちに向かって、ごめんなさいと頭を下げた。

「だけど、駄目なんだ。わかってくれ、天地」

「いやああ！」

うわあん、と天地は大声で泣き出した。

その小さな身体を明利は抱き上げ、自分の膝に乗せて、しっかりと抱き締める。

そして、ぽんぽんと背中を優しく叩いてあやしつつ、零治を見つめて言った。

「ごめんな、零治」

「明利……悪かったのは俺だ」

思わず零治は、謝っていた。

「俺が迂闊《うかつ》だった。お前と一緒に暮らすことができるようになって、天にも昇る心地だった。天地の将来に考えが及んでいなかったわけじゃないが。もう少しいいだろう、まだ大丈夫だろうと先延ばしにして、お前の不安な気持ちを汲《く》んでやれていなかった」

零治の言葉に、明利はまだ涙の残る目で、悲しそうに微笑む。

「謝らないでくれ。お前には本当に、助けてもらったんだから」

けれど零治は、このまま関係を終わらせる気は、微塵《みじん》もなかった。

「……だが、これで終わらせるつもりは、俺には毛頭ない」

きっぱりと、断固とした声で言って零治は立ち上がった。

「天地を、俺のような境遇にはさせない。しかし、お前たちと家族になるという俺の、この一生で一番大切な目的は、なんとしても叶える！　それが困難ならば達成させる手段を探し、貫徹するよう手を尽くすのみだ！」

「組長！」

おおっ、と組員たちがざわめいた。

「俺たちも、お手伝いさせて下さい！」

「なにかできることがあるなら、なんでもしますんで！」

「見た目が物騒だってんなら、七三分けにして黒ぶち眼鏡をかけます！　それくらい、お安い御用ですよ！」

「お前ら、よく言った！」

零治は大きくうなずき、呆然としている明利に向き直った。

「心配するな、明利。お前の言いたいことはよくわかった。だが、打つ手はある。……岩瀬、物件の資料を！」

はいっ、と岩瀬は廊下を駆け出していき、零治は明利の隣に座り直した。

「れ、零治。資料って、なにをするつもりだ?」

焦っている明利を安心させるように、零治は笑いかける。

「取り急ぎ住民票をなんとかする。うちの手持ちの賃貸物件を借りて移せば、同居の解消は折を見てでいいだろう」

「そこまでしてもらっても、俺と天地はお前と他人のままなんだぞ。お前はいいのか、それで」

明利の目に、再び涙が滲んだ。

どうしたの? という顔で、天地は明利にしがみついている。

「零治。お世辞じゃなくて、俺はお前のこと、すごい男前だと思う。他に相手はいくらでもいるはずだ。今は俺に好意を持っていてくれるとしても、いつか……家族が欲しいと思ったとき。俺じゃ、望みは叶えられない。どんなに好きでも大切でも、お前の子供は産めないんだ」

切々と訴える明利に、零治は不敵に笑ってみせた。

「それが、どうした」

「零治……だから」

「確かに俺は、家族が欲しい。先々でなく、今欲しい。そして、それはすでに存在している」

でも、となおも言い募る明利の手を、零治は握った。

「書類に名前を書いて、役所に届け出れば家族か？　俺はそうは思わない。……俺たちは、うちの組は、世間様のはみ出し者が肩を寄せ合ってひとつ屋根の下で暮らしている。そうして、同じ釜の飯を喰らう。……その全員が、みんな家族だ」

「ねえねえ、じゃあね、だれが、おにちゃん？　天地ね、みんな、おにちゃんがいい」

そう言って、天地が指差したところにいた組員たちが、いっせいにとろけるような笑みを零した。

「お、おにちゃんだって」

「可愛い……もう一度呼んで欲しい」

「バカ、今のは俺を見て言ったんだ」

頬を染めて身悶えする組員たちを横目に、零治は改めて明利に言う。

「つまり、明利。──俺と盃《さかずき》を交わしてくれないか」

えっ、と明利は目を見開いた。

「盃……それって……ヤクザものの映画とかで見たことあるかもしれないけど、あれか？」

それだ、と零治は認める。

「俺たちは、素人さんとは違う世界にいる。その方法で明利が嫌でなければ、俺とお前は家族になれる。駄目か、明利」

明利はまだ、とまどっているようだったが、天地が明利の腕の中から、出ようとしながら言った。

「アーちゃ、おへんじ！　はやく！　みんな天地の、おにちゃんになるの。天地ね、それがいいとおもうよ」

「……そうか。みんなといるのがいいか」

「うん。かあちゃ、みえないの、がまんするの、アーちゃと、れーじと、みんなといるから、へいき。いないと、だめ」

「駄目なのか。天地……」

明利は言って、天地の頬に自分の頬を摺り寄せた。

そして、ぎゅっ、と小さな身体を抱き締めてから解放してやると、天地は膝からポンと飛び降りて、パタパタと駆け出した。

走り寄られた組員たちは、相好《そうごう》を崩してメロメロになっている。中には感動して、涙を零す男さえいた。

零治はつとめて冷静な声で言う。

「……天地も幼稚園に入れば同年代の友達ができて、うちの連中が構ってやらなくても大丈夫になるだろう。住民票は先に移すとして、実際にこの家を出るタイミングは、明利に任せる。気が向いたら遊びに来て、うちの連中を和ませてやってくれ」

明利はかすかに目を潤ませつつ、零治を見た。

「いいのかな、それで。俺、零治を自分の都合のいいようにしてないか、それが心配なんだ。世話になっておいて無関係を装うなんて、申し訳ない」

「そんなふうに思うのも、お前の真っすぐないいところだが、融通を利かせろ。お前と天地を守れることが、俺は嬉しいんだ」

「だけど、甘えるばかりじゃ肩身が狭い。出してもらった金くらい、少しずつでも返させてくれ」

「俺としては、全身で甘えて欲しいんだがな。お前の好きにしたらいい」

「ありがとう、零治」

明利はようやく、安心したような笑みを見せた。

ああ、と力強く、零治はうなずく。

「約束する。俺がふたりを幸せにする。なぜならお前たちが幸せだと、俺がこの上なく幸せだからだ！」

◆◆◆

戸籍の上で家族になるのであれば、明利と天地を零治の養子という形にするしかない。

けれどそれでは天地が、極道の家の子という呪縛から、逃れられなくなってしまう。

それを回避するために零治が選んでくれたのは、明利と義兄弟になる、という方法だった。

もちろん一般社会では認められないが、極道の世界には極道の世界の、やり方がある、ということだろう。

別室にいる天地と子守り役をひとり残し、零治は組員全員を招集して、塩で清めた大広間に集めた。

零治と話し合った、翌週の休日。

零治と明利が、家族になる儀式をするためだ。

父親の血筋に連なる大幹部や、引退している祖父とは大激論を繰り広げたらしいのだが、結局は今現在組を取り仕切り、掌握している零治に折れたという。

簡略化している組も多いらしいが、美鶴木組では盃事《さかずきごと》を行う場合、昨今でも全員が羽織袴と決められているのだそうだ。

代々のしきたりにのっとったということで、大きな床の間には祭壇を作り、八幡大菩薩《はちまんだいぼさつ》、天照皇大神《あまてらすすめおおかみ》、春日大明神《かすがだいみょうじん》の掛け軸がかけてあった。

三宝には徳利《とつくり》と、盃が一対。盛り塩が三山乗っている。

盃事には、親分子分の関係を結ぶ親子盃などもあるそうだが、もちろん、零治と明利の場合は違う。

「俺と明利は、五分の関係だ。上下はない」

通常は対等に盃を交わす場合は、五分の兄弟、飲み分け兄弟などとも言うらしい。

る。


ただし、明利は兄弟ではなく、伴侶だと零治も組員たちも認識していた。

ずらりと居並ぶ組員たちを前に、零治と明利も羽織袴を着用して、向き合って座ってい

明利はこの状況に緊張している半面、気恥ずかしくもあった。

(だってなんだか、神前結婚式みたいだ)

それに零治に和装がものすごく似合っていて、いつもより一段と男前に見えた。

「ではこれより。組長・美鶴木零治と間宮明利の双方が、互いの伴侶となる夫婦盃を交わしていただきます」

口上人として岩瀬が言うと、次に取持ち人である幹部が、ふたりに清酒の入った盃を渡してくる。

零治は小指の先を、小刀でピッと切り、その血を盃に数滴垂らした。

赤い血はまるで繊細な刺繍のように、透明な清酒に模様を描く。

明利も同様にして、互いの盃を交換し、唇をつけた。

「明利。これから俺たちは家族になる。血は繋がっていない。戸籍も違う。それでも俺は魂に誓って、お前の伴侶になる」

ぐっと盃を飲み干した零治が言い、明利も同様に盃を口にし、にっこり笑った。

「ああ。書類も血も関係ない。……それでも俺はお前と、家族でいたい」

「ありがとう、明利」

天
春

嬉しそうに零治が言い、互いに空になった盃を交換する。

それを懐紙に包んで、大切に懐に仕舞った。

「間宮明利です。この世界には詳しくありません。しかし、零治とともに同じ道を歩む所存です。みなさんも、よろしくお願いいたします」

明利は居並ぶ極道たちに向かって、深々と頭を下げる。そうして儀式は進行し、厳かな気分に浸っていたのだが。

『いやああ、アーちゃ、アーちゃ、れーじどこぉ』

『もっ、もう少し。もう少しだけ待とうね、天地くん』

『いやあ！　アーちゃもみえなくなるの、いや！』

悲鳴のような泣き声が、障子の向こうから聞こえてきた。

ハッと明利が零治を見ると、笑ってうなずいてくれる。そこで明利は立ち上がり、泣き声に向かって駆け出した。

(伝統の儀式もヤクザも、泣く天地には敵《かな》わないな)

明利がガラリと障子を開くと、天地がその身体に飛びついてきた。

「アーちゃ、いた！」

「いるに決まってるだろ。ほら、みんなここにいるぞ、零治も」

明利は小さな天地を抱っこして、くるくる回りながら、座っていた座布団に戻ってくる。

「俺はいなくならない。ずっと天地の傍にいるから」

った。


「ホント？　ずっと？」

「そうだよ。今、そのお約束をみんなでしてたんだ」

「じゃあ、おやくさく、天地もする」

天地は泣き止んで、明利の腕からポンと畳に飛び降りると、パタパタと零治のもとへ走
った。

そして零治の前に、紅葉のような手を突き出す。

「れーじ、おやくさく。アーちゃとみんなと、ずっといっしょ」

「ん？　ああ、指切りげんまんか。よし」

零治は自分の小指を、そっと天地の小指に絡めた。

そして、あやすように言う。

「指切りげんまん、嘘ついたらドス千本、俺が飲む」

指切った、と小指を離すと、キャッキャッと天地は笑った。

天地とは、盃の儀式もしないでおこうと零治と決めた。

大人になるまでは、こちらがそっと支援をするが、関係性は本人に決めさせる。

その約束は盃などより、指切りくらいが相応しい、と明利は思った。零治もおそらく同
じ思いなのだろう。

零治は穏やかな笑みを浮かべて天地を見ている。

「あっ。あれなにー？」

すっかり安心したのか、天地はもう泣き顔はどこへやら、上機嫌で走り出した。

「なにこれ、なにするの」

「あっ、こら、それはお神酒《みき》だから触っちゃだめだ」

無理もないがどうやら天地は、祭壇が気になって仕方ないらしい。

「おっきい、じ、天地もかく」

「それは神様の名前なんだから、悪戯したら罰が当たるぞ」

「ええ。ばち、こあーい」

きゃああ、とはしゃぎながらなおも走り出した天地は、組員たちの間を駆け回った。

「みんな、きもの。おどるの、天地しってゆ。おどゆの。こやって」

天地は両手を閉じたり開いたりして組員たちに言うが、誰もがきょとんとしている。

明利が苦笑して説明した。

「多分、盆踊りだと思ってるんじゃないかな。和服の人が集まってるのって、天地はそれくらいしか知らないから」

なるほど、と数人の組員が、さっそくパンパンと手を打って踊り始める。

「盃事が盆踊とはな」

「ごっ、ごめん。みんな優しいから、あいつも甘えちゃって」

零治の言葉に、明利は慌てて謝った。

笑いながら零治は首を横に振る。

「なにを言ってる。あいつらも俺も、天地が可愛いんだ。いずれは、距離を取らなきゃならない日が来るが。……今は楽しませてやってくれ」

「零治……」

せつなそうに明利が呼ぶと、零治はその身体を引き寄せ、抱き締めてきた。

「わっ、えっ、お前、みんなの前でっ」

明利は焦ったが、零治は堂々と言い放った。

「組員たちの前だろうが、正式な家族となった今、まったく気にする必要はない」

「そ、それはそうかもしれないけど」

「なあ、明利」

零治は、しみじみと言う。

「相手の幸せが自分の幸せに繋がる。逆もしかり。それが家族だと、俺は思う。天地が幸せになれるよう、俺たちは全力を尽くそう」

「……ありがとう、零治」

零治の言葉に頼もしさを覚え、明利もぎゅっと強く抱き締め返した。

だがその間に、小さな身体が割り込んでくる。

「天地も、ぎゅ！　して！」

「よし、任せろ！」

零治は言って、明利に天地を抱っこさせた。

そしてふたりまとめて、思い切り両手を広げて抱き締めたのだった。

(なんだか、新しい心臓ができたみたいだ)

盃を懐紙に包んで胸元に仕舞った瞬間から、明利にはそう思えて仕方なかった。

全員で夕食を終え、部屋に戻ってからも盃を見るたびに、自分は零治の家族として生まれ変わったのだ、と改めて実感する。

パジャマに着替えた天地はずっとご機嫌で、コロコロとベッドに寝転がり、明利はその傍で、しばらく一緒にじゃれていた。

「天地、そろそろ散髪しないとな。髪の毛伸びすぎて、鳥の巣みたいになってきた」

ふかふかの癖毛を触って言うと、天地はえへへと笑う。

「しゅじゅめのおうち、なる?」

「うん。これじゃ、いっぱい住んじゃうな。そしたら、夏になってもプールに行けないぞ」

「それはイヤ」

「じゃあ、散髪しないと。わたあめみたいで可愛いけど」

「しゅじゅめもわたあめ、好き? ピクニックにいったらいる?」

「いるかもしれないなあ」

ピクニックと行っても、明日近くの緑地に弁当を持っていくことにしているだけなのだが、天地はずっと楽しみにしているらしかった。

「アーちゃ、あした、はやくくるゆといいねえ。おべんと、たべゆの」

何気ない天地の言葉が、ふと遠い昔に零治がつぶやき、ずっと心に引っかかっていた言葉と重なった。

『俺は家族が欲しい。そんなふうに安心して寄りそえる存在がいたら、どれだけ明日が来るのが嫌じゃなくなるだろう』

零治もきっと、明日を楽しみにしてくれている。そう考えて、明利は嬉しさを感じると同時にせつなくなった。

「……そうだな。サンドウィッチとおにぎり、どっちがいい?」

「んとね。おにぎりの、かわいいの」

「わかった。じゃあ、くまさんの形にしような」

間もなくはしゃぎ疲れたのか、すうすうと天地は寝息を立て始めた。

小さな口元には、幸福そうな笑みが浮かんでいる。

健康そうなムチムチとした手足。桃色のほっぺた。

(姉ちゃん。天地は元気に育ってるよ)

心の中で明利は姉にそう語りかけ、にっこり笑う。

それから天地が熟睡したのを確認すると、そっと部屋を出た。

ドアの外にはいつもの、護衛の組員が立っている。

「少し、空けます。よろしくお願いします」

明利が言うと、組員は、お任せ下さい、とでも言うように、ドンと分厚い胸を叩いた。


「明利。天地は寝たのか」

明利が向かったのは、零治の部屋だ。

盃の儀の後、天地が眠ってから会う約束をしていたのだ。

「あ。よかった。まだ着物のままだった。もう少し見ていたいと思ってたんだ」

さすがに羽織と袴は脱いでいるが、零治は和装のままだった。

儀式の際の零治が、あまりに和装が似合ってかっこよかったので、思わず明利はそう言ったのだが。

「それはこっちの台詞だ。お前の襟足や胸元が色っぽすぎて、俺はどうにかなりそうだったぞ」

明利も天地をあやし続けていたので、まだ着流しのままでいた。

「なんだよ、それ」

照れ笑いをする明利を、零治はソファに座ったまま手招きする。

そしてぐいと明利の手を引っ張ると、自分の膝の上に座らせた。

「……明利。後悔はしてないな」

至近距離で見つめながら、零治がわずかに不安そうな面持ちで言う。

「極道と盃を交わして、本当によかったのか？」

明利は率直に答えた。

「今さら聞くなよ。お前の家族になれて、すごく嬉しい。本当だ」

「あ……明利……」

感動したように、零治は目を潤ませる。明利は思わず、笑ってしまった。

「そんなに喜んでくれるなんて、俺のほうが嬉しくなる。天地のこともきちんと考えてくれていたし、どれだけ感謝してもし足りない」

「それは違うぞ、明利。俺たちはもう、家族なんだから。いちいち感謝しなくていい。当たり前のことだ」

だけど、となおも明利は言った。

「俺と天地は、大切な人を失った悲しさと、居場所のなくなった絶望の両方から、お前に救ってもらったんだ。本当にあのとき俺は……辛かった」

零治にしっかりと横抱きにされながら、その胸の中で明利は、心底から安らぎを感じていた。

「姉さんを失ったことが辛くて、でもそんなことも言っていられなくて、天地をなんとか守らなくちゃと気ばかり焦って。だけど俺は無力だった。自分が嫌になって、ぽっかり穴の空いた身体が、真っ暗な穴に落ちたみたいに、もうどうしていいのかわからなかったところに……お前が現れてくれたんだ」

あのときのことを思い出し、涙目で言うと、零治は優しく明利の髪を撫でた。

「俺は、今なら明利を助けられると思って、武者震いがしたぞ。極道だからと遠慮したら、おそらく死ぬまで後悔するだろうと。……お前を助けることができて、心底よかったと思っている」

「……本当か？」

「美鶴木家代々の、先祖の魂に誓って」

零治は言うと、唇を重ねてきた。

もう何度もこうして、零治とはキスをしている。けれど今日の感触は、なぜか違って感じられた。

(家族になって初めての、特別なキス……)

明利は自分から、零治の舌に自分の舌を絡めた。

ほんの少し、零治は驚いたように身体がピクッ、としたが、すぐにこちら以上に強く舌を絡みつけてくる。

「んっ……ふ……っ」

きゅ、と舌を吸われると、頭の奥がジンと痺れた。

「ん、んん……っ」

こちらからも舌を求めながら、両腕を零治の背中に巻きつける。

もっと深く、もっとぴったりと零治と繋がりたい。

「はあっ、あ、んむ……っ、ん」

わずかに唇が離されると、そこで息継ぎのように呼吸をし、すぐにまた互いの舌を求め合った。

零治の舌先が歯列をなぞり、上顎をくすぐる。

それだけで明利は自身が、熱を持ってしまうのがわかった。

零治の舌も指先も、どこをどうすれば明利の身体が喜ぶか、知り尽くしている。

「……ッは、あ……っ」

「明利……」

濡れた唇が、顎から耳元に滑り、低く甘い声で名前を呼ばれる。

ゾクゾクッ、と明利の身体に震えが走った。

「襟から覗く肌が……たまらない」

「んっ、あ……っ、は、んっ」

和装の襟元を大きく開き、そこに零治はキスをいくつも落とす。

「あっ、や……んっ」

明利が身悶えると、はからずも大きく裾が乱れ、足が露出した。

鎖骨や首筋に舌を這わせつつ、足の間に零治は手を伸ばしてくる。

「だっ、駄目……っ、あ、ああ！」

大きな手のひらが、明利のものに直接触れ、ゆっくりと下から上へと撫で上げた。

ひ、と明利は喉を鳴らし、顎を上げる。

その襟元をさらに大きく開きながら、零治はなおも素肌に舌を滑らせてきた。帯はまだしているものの、裾は思い切り乱れているし、襟も乱れて片方の乳首が露出している。

我ながら、なんてみだらなんだろうと、明利の顔が火照っていく。

恥ずかしいと思えば思うほど、身体が熱を持つのを抑えられない。

それは零治も同様に感じていたらしい。

「明利。今日はいつにもまして、色っぽい」

「っや……言うな、そんな……っ」

「ものすごく、いやらしい。自分でもわかるだろ？」

「んな、こと……ないっ」

いやいやと首を振ると、零治は愛撫する手をさらに奥に忍ばせる。

「恥ずかしがっていると、余計にそそるんだが。わかってやってるのか、明利」

「違っ……んっ、あっ、あっ」

零治の指先が、先端から零れたぬめりをたっぷりと纏って、明利の中に入ろうとしてくる。

くちゅ、という音が響いて、明利は自分の首から上が真っ赤になるのがわかった。

「はあっ、あ……だ、めっ、着物……っ、汚れちゃ……んっ」

「そんなものは、洗えばいいが。このままだとさすがに、最後までは無理だな」

零治は一度、明利に触れていた手を離した。

と、嫌がっていたはずなのに、明利の身体は放り出されたような喪失感を覚え、ぶるっと身震いする。

「ちょっと我慢して、待っていろ」

「べっ、別に我慢なんて、してない」

照れる明利を、零治はひょいと横抱きにした。

どさ、と優しくベッドに横たえられた明利の帯に、零治は手をかけてくる。

「乱れた着物を纏うお前は、最高にセクシーだが。やっぱり、肌に直接触れたい」

帯を解きながら言う零治に、思わず明利もコクリとうなずいてしまっていた。

欲望を処理したいというより、しっかりと抱き合いたい。

全身で零治の身体に触れて、その熱を感じたかった。

零治は明利から、着物をすべて剝ぎ取って一糸纏わぬ姿にすると。自分も焦れたように着物を脱いだ。

そうして、サイドテーブルから見覚えのあるチューブを取り出し、たっぷりと手にジェルを出す。

「う……っん！」

しっかりと手のひらで温めたジェルを、零治は明利自身と、その奥に塗りつけた。

「はあっ、あっ……んん」

屹立《きつりつ》した自身から流れる、透明な先走りの液とジェルが混ざり合い、明利の下半身はぬるぬるになっていく。

「明利。気持ちいいか。……怖くないか」

尋ねてくる零治の声は優しいが、その瞳は熱に浮かされたように潤んでいた。

「ん。気持ち、い……っ」

正直に明利が言うと、嬉しそうに零治が覆いかぶさってくる。

もう一度深いくちづけを交わしながら、しっかりと抱き締め合う。

そうして互いの身体の形を確かめるように、素肌に手を滑らせた。

（綺麗に筋肉のついた、引き締まった身体。固くて滑らかな骨。零治の髪の……汗の匂い）

全部好きだ、とせつないほどに明利は思う。

「零治。おっ、俺……っ、もう」

全裸で絡み合っていた明利は、自分のものが零治のものとこすれ合うその衝撃だけで、達してしまいそうになっていた。

「ん？　いきたいのか」

甘い声で、耳元で囁かれ、明利はこくこくとうなずいた。

「なんかっ、さ、触られるだけで……俺、いっ、いっちゃい、そう」

「いいぞ、いっても」

言いながら零治は手を伸ばし、明利のものをやんわりと包んだ、瞬間。

「あっ、あっ、や……！　っああ！」

ビクビクッ、と激しく明利は震えた。

その身体を、零治がしっかりと抱き締めてくる。

「はあっ、はあっ、あ……っ」

「いったか、明利。気持ちよかったか」

うん、とうなずくと、零治が髪を撫でてくれた。

「そんなふうに感じてくれて、俺は嬉しい」

嬉しそうにつぶやくと、零治はぐいと大きく明利の両足を割り開いた。

いったばかりで敏感になっている明利の身体は、次になにをされるか悟って、かすかに震える。

「く……うっ！」

ぬちゅ、と濡れたいやらしい音をさせて、と零治の長い中指が、明利の中に入り込んでくる。

「んっ、んう……っ」

はあっ、はあっ、と明利は必死に息を吸い込んだ。

気持ちいいのと、恥ずかしい気持ち、そして零治が好きすぎて、どうにかなってしまいそうだ。

その証拠に明利のものは、達したばかりなのにまたすぐにでも弾けてしまいそうなくらい、固く屹立してしまっている。

「こんなにして……明利。可愛い」

感極まったように零治は言って、指の代わりに自分のものを押しつけてきた。そうして。

「っあ、ああああ！」

ぐうっ、と奥まで容赦なく、零治が自身を埋め込んでくる。

零治によって丁寧に開発された身体は、凄まじい快楽を明利に与えた。

「うっ、あっ、ああっ」

ゆさゆさと軽く揺さぶられるだけで、明利の身体は恥ずかしいくらい、ビクンビクンと感じてしまう。

唇の端から唾液が零れ、だらしなく弛緩した身体は快感に身悶えた。

(も、もう、また、いく。いっちゃう)

涙目で明利がそう考えたとき。

「っあ……っ、えっ、なっ、なに」

ふいに、ぐるんと視界が反転した。

身体の下にあったベッドが消え、代わりに両腕が自分を支えている。

「あ。や……、やだ、零治っ」

身体を繋げたまま、零治が明利の上半身を持ち上げて、自分が下になったのだ。

明利は仰向けに横たわった、零治の腰の上にまたがった格好になっている。

「こんなの……は、恥ずかしい」

下になっている零治からは、自分のなにもかもが丸見えだ。

勃ち上がった自身からは、雫がなおも零れ落ちているし、顔は涙と汗でぐちゃぐちゃに違いない。

けれど零治は、明利の腰をしっかり支え、体勢を変えるのを許してはくれなかった。

「すごく綺麗だ、明利。もっとよく見せてくれ」

そんなふうに言われると、またも明利の身体は熱を持っていく。

体内を貫いたままの零治のものは、さらに大きさと固さを増し、ドクンドクンと脈打っていた。

身体にくさびを打たれ、動くこともできない明利は、羞恥と同じくらいの快感に、半泣きになってしまう。

「零治……っ、お、俺……っ、あっ！　ひっ、ああっ！」

ゆさゆさと、零治は下から明利を突き上げ始めた。

「っひ、あ……っ、あっ、あ！　駄目っ……見ちゃ、や……あ、ああ！」

零治の上で、明利のものはどんどん硬度を増していく。

身体を突き上げられると、恥ずかしい液が、糸を引いて零治の腹部に落ちた。

「はあ、あっ、あ」

「明利。これから、ずっと一緒だ」

「っん、零、治……っ」

明利は背を反らせ、涙を零して喘ぐ。

あまりの快感に、今にも意識が飛んでしまいそうだ。

恥ずかしい。けれど、おかしくなってしまいそうなほどに気持ちがいい。

「あ……、も、俺、また……いっ、いっちゃう…！」

ビクン！　と大きく明利は跳ね、くたくたと零治に覆いかぶさるようにして、頽《くずお》れた。

零治はその身体を、しっかりと抱き締める。そして。

「明利……っ！」

汗に濡れ、しなやかなバネのような筋肉に包まれたその身体も、大きくプルッと震える。

明利はしっかりと零治にすがりつきながら、体内にドッと熱いものが注がれるのを感じていた。


「辛かったか、明利。悪かった。お前に和装があんまり似合うから、つい暴走した」

事後に入った風呂の浴槽で、零治は明利を、背後から抱き締めて言う。

「おっ、俺は別に、大丈夫だけど。着物がくしゃくしゃになったかもしれないし、汚したらと思うと気になって」

「着物専門のクリーニングに出すから、心配するな」

そうか、と明利はホッとする。

「それなら大丈夫かな。でも似合うっていうなら、零治のほうがサマになってたよ。いかにも、ただものじゃない、って感じで」

「明利はすごく、上品に見えた。正月にまた着て欲しい」

「あんまり変な気を起こさないなら、着てもいいけどな」

「変とはなんだ。色気過多になることとか」

「そんなこと思うのは、零治だけだろ！」

明利は頬を染め、バシャッ、と背後の零治に向けて、手で湯をかける。

「それはどうかな。悩殺された組員はいると思うぞ。もっともお前をそういう目で見ることは、俺が許さないが」

零治は耳元で笑いを含んだ声で言い、明利の肩に顎を乗せてきた。

「でも本当に、正月は天地も羽織袴を着せて、三人で初詣に行かないか。きっと楽しい」

うん、と明利は口元に笑みを浮かべた。

「それは俺も楽しみ。いい記念になりそうだ。でもその前に、クリスマス、やっていいかな？　天地がきっと、喜ぶと思う」

「もちろんだ。でかいケーキと、豪勢なプレゼントを用意しよう。もちろん、明利にも」

「え。……俺はいいよ」

明利は困って苦笑する。

「だって俺は、お前に大したものはあげられない。なにしろまだ新入社員だからな」

「なにを言ってる、明利」

零治は明利の首筋に、唇を触れさせるようにして言う。

「お前は俺に、家族を与えてくれた。それに見合うほどのプレゼントは、俺にも与えてやれない。ただ」

背後から、零治はぎゅうっ、と明利を抱き締めてきた。

「全力で、その感謝はし続けたい。一生をかけて、恩を返したいと思ってる」

「零治……」

明利は首をねじって、零治の顔を見る。

「感謝なんていらない。プレゼントもいらない。たとえいつか離れて暮らす日がきても、心はずっと傍にいて、嬉しいことも悲しいことも、分けられたらいい」

湯の中の零治の手に、明利は自分の手を重ねた。

「明日も明後日も、家族として」

明利の言葉に、零治はハッとしたような顔をした。

それからその表情には、かつて見たことのないような明るい笑みが浮かぶ。

「明利」

零治に名前を呼ばれ、誘われるようにして、明利は唇に唇を重ねた。

軽く触れたそれは、すぐに離れる。

そしてふたりして、互いの頬に、首筋にキスを降らせて、クスクスと幸福に笑い合ったのだった。

あとがき

こんにちは、朝香りくです。はじめての方は、はじめましてです。

今作は私の大好きな妖精属である、ＢＬヤクザさんのお話を書きました。

できるだけ誤解されないよう、タイトルでも配慮しているのですが、リアルでシビアな殺伐ヤクザさんとは違いますので、お間違いのないようお願いいたします。


イラストは、北沢きょう先生が担当して下さっています！

長年ずっと素敵な作品をお描きになっていらっしゃることは、私ごときが言うまでもないのですが。

今回はかっこいいやらほっこりするやら、そのうえ天地が可愛らしくてたまりません。

小さなお手てや、むちむちあんよが愛しい！

北沢先生、ありがとうございました！

ちなみに私の頭の中では、天地は零治に負けないくらい、男前に成長する予定です。

今年はプライベートでもいろいろあり、あっという間の一年でしたが、どうにかこうにか年の瀬に、こうして本が出せてホッとしております。

昨年に続き、今年も拙作の出版に関わってくださったすべてのみなさま。
そして手に取って下さった読者のみなさまに、心から感謝の言葉を捧げます。
本当にありがとうございました!
それではまた、新しい作品でお会いできるよう願っています。

二〇二二年十二月　　朝香りく

朝香りく先生、北沢きょう先生へのお便り、
本作品に関するご意見、ご感想などは
〒101-8405
東京都千代田区神田三崎町2-18-11
二見書房　シャレード文庫
「溺愛ヤクザに拾われました～強面組長と天使の家族～」係まで。

本作品は書き下ろしです

CHARADE BUNKO

溺愛《できあい》ヤクザに拾《ひろ》われました～強面組長《こわもてくみちょう》と天使《てんし》の家族《かぞく》～

2023年1月20日　初版発行

【著者】朝香《あさか》りく

【発行所】株式会社二見書房
東京都千代田区神田三崎町2-18-11
電話　03(3515)2311［営業］
　　　03(3515)2314［編集］
振替　00170-4-2639
【印刷】株式会社 堀内印刷所
【製本】株式会社 村上製本所

落丁・乱丁本はお取り替えいたします。
定価は、カバーに表示してあります。

ISBN 978-4-576-22190-8

https://charade.futami.co.jp/

CHARADE BUNKO

今すぐ読みたいラブがある!

朝香りくの本

きみに尽くすことが、心地よくて仕方ない

不器用社長の一途すぎる保護生活

〜こちら、猫ではありません〜

イラスト＝高城たくみ

「きみを保護したいんだ!」保護猫カフェで働く霧也は、身なりの良い常連客・夏彦に告げられた。猫じゃなくて、俺!? 困惑しながらも、引き取り手がなかなか見つからないブサ猫ボテも一緒にという条件で夏彦の家に移り住むことに。極上の庇護と甘やかされの毎日の中、きわどい接触からイかされてしまって——!?

CHARADE BUNKO

今すぐ読みたいラブがある！

朝香りくの本

別にいいだろ。可愛がって減るもんじゃねぇし。

そんなに俺を可愛がるな！
～若頭はネコミミ!?～

イラスト＝白崎小夜

曽根崎組の跡目発表がかかったその日、本家若頭である依織の頭に呪いでネコミミが生えてしまった！　その影響で発情に襲われた依織はライバルである城西支部の若頭・直茂の手でイかせてもらうことに。同じ跡目を争う相手にこのまま身を委ね続けるわけにはいかないけれど、抗いがたい劣情が依織を襲い続けて!?

CHARADE BUNKO

今すぐ読みたいラブがある!

朝香りくの本

このヤクザ、極甘につき

「天使って……俺のことか?」「他に誰がいる!」

イラスト＝高城たくみ

客に付きまとわれていたホストの千影は、適当に見繕ったイイ男を「彼氏だ」と言って一芝居打つことに。だが、代償として久我峰と名乗るその男に予定の穴埋めを要求されてホテルに連れ込まれてしまう。さらに、未知の快感に翻弄されている最中、久我峰がかつての幼なじみで、しかもヤクザの組長だと発覚して!?